MOJANG

MINECRAFT
マインクラフト

Original English language edition first published in 2020 under the title
MINECRAFT JUNIOR FICTION: DEEP DIVE
by Egmont Books UK Limited, 2 Minster Court, London EC3R 7BB, United Kingdom.

MOJANG

オンラインでの安全性を確保してください。Egmont ／技術評論社は第三者がホスティングしているコンテンツに対して責任を負いません。

本書に記載された内容は、情報の提供のみを目的としています。したがって、本書を用いた運用は、必ずお客様自身の責任と判断によって行ってください。これらの情報の運用の結果について、技術評論社および著者はいかなる責任も負いません。以上の注意事項をご承諾いただいた上で、本書をご利用願います。これらの注意事項をお読みいただかずに、お問い合わせいただいても、技術評論社および著者は対処しかねます。あらかじめ、ご承知おきください。

MOJANG

MINECRAFT
マインクラフト

かいていのひみつ

の紹《しょう》介《かい》

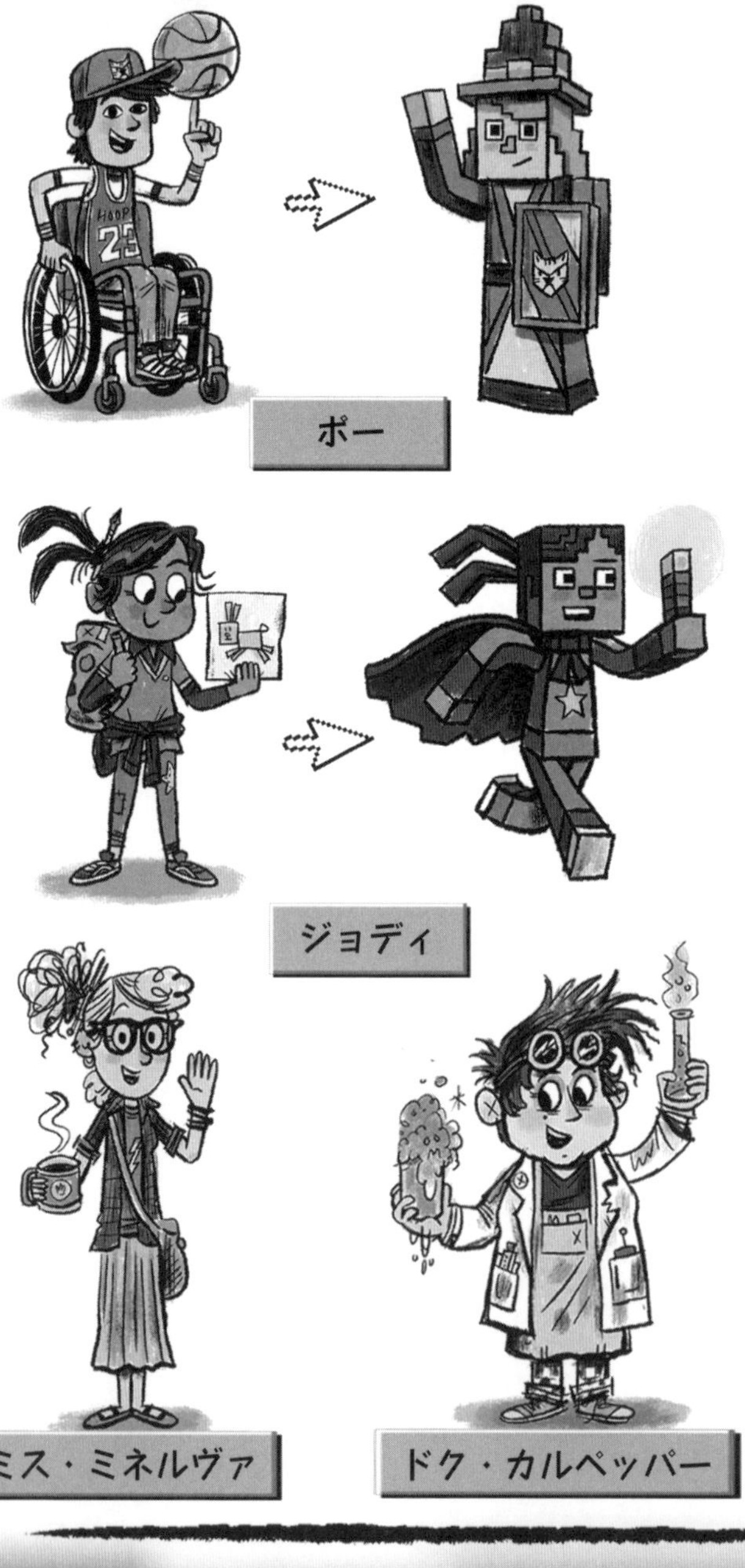

登《とう》場《じょう》人《じん》物《ぶつ》

モーガン

アッシュ

ハーパー

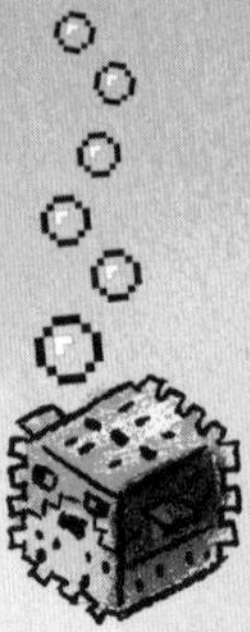

プロローグ

Xのしるしがついた場所《ばしょ》、ふつうの人《ひと》なら行《い》きたいなんて思《おも》わないところ

5つのかげが、どこまでも広《ひろ》がる青《あお》い海《うみ》の中《なか》を、ゆらゆらと進《すす》んでいく。

下《した》のほうには見《み》たことのない建物《たてもの》がそびえたっている。そこにはピラミッドのようなかたちのところもあれば、砦《とりで》のようなところもあり、とてもこの世《よ》のものとは思《おも》えない。海底《かいてい》に広《ひろ》がるその大《おお》きな建物《たてもの》は、ぞっとするような深《ふか》い緑色《みどりいろ》で、**まるで毒《どく》を持《も》っているようだ。**

それでいてとても立派《りっぱ》なつくりをしていて、5人《にん》に向《む》かって、入《はい》れるものなら入《はい》ってみろと、すごんでいるようにも見《み》える。

かげたちは、黙《だま》ったまま建物《たてもの》の前《まえ》をただよっていた。**水《みず》の中《なか》では話《はなし》ができないからだ。**でも、たとえ

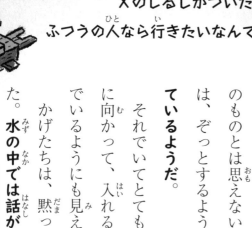

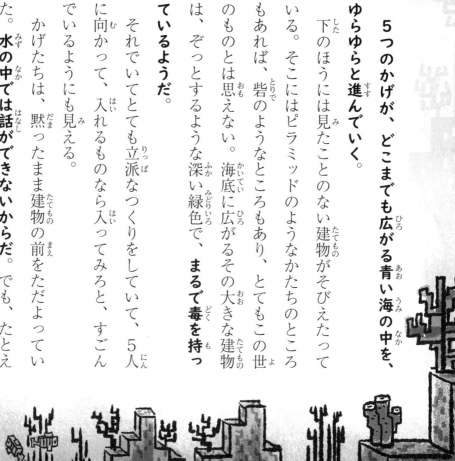

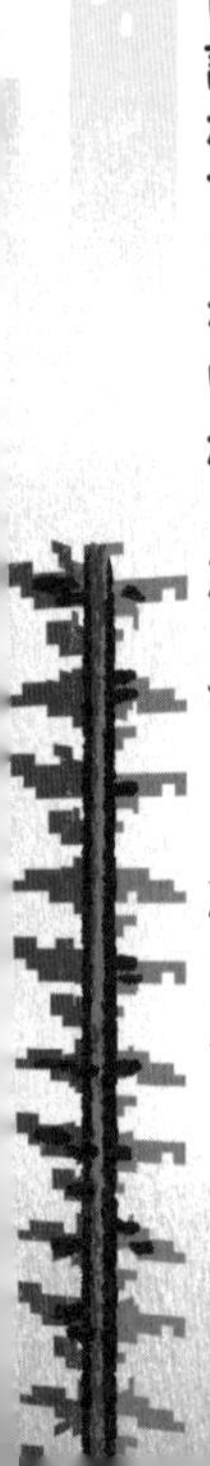

話《はなし》ができたとしても、こんな巨大《きょだい》なものを前《まえ》にしたら声《こえ》なんて出《で》ないだろう。聞《き》こえてくるのは、かげたちが吐《は》く空気《くうき》の泡《あわ》がゴボゴボと流《なが》れていく音《おと》ぐらい。

かげのひとりが地図《ちず》をかかげた。

地図《ちず》には、大《おお》きな赤《あか》い字《じ》でXのしるしがついている。

5人《にん》は地図《ちず》を見《み》てから、もう一度《いちど》建物《たてもの》に目《め》を向《む》けた。

かげのひとりは地図《ちず》をしまうと、建物《たてもの》のほうを向《む》いてうなずいた。

色《いろ》とりどりの海《うみ》の生《い》き物《もの》たちがゆっくりと通《とお》りすぎていく。5人《にん》は水《みず》をけって、深《ふか》くもぐっていった。

建物《たてもの》についてのすべてのなぞが、そこで待《ま》ちうけている。

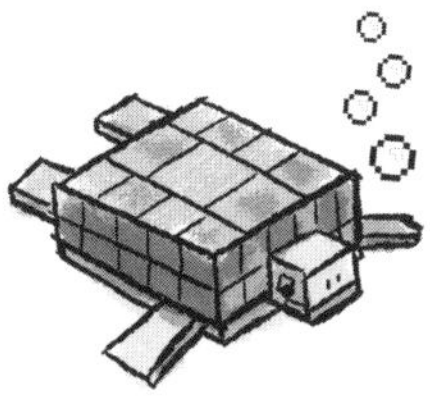

第《だい》1章《しょう》 ウミガメ！ ウミガメ！ 行《い》け！

月明《つきあ》かりの下《した》、ハーパー・ヒューストンは息《いき》をするのも忘《わす》れて、じっとなにかを見《み》つめていた。**白地《しろじ》に緑《みどり》のぶちのある卵《たまご》が砂《すな》に埋《う》められている。**その卵《たまご》がかえる瞬間《しゅんかん》を、ハーパーはぜったいに見《み》のがしたくなかったのだ。

特別《とくべつ》なVRゴーグルを使《つか》って、仲間《なかま》たちとヴァーチャルな世界《せかい》をおとずれるようになってから数週間《すうしゅうかん》。そのあいだ、ハーパーは信《しん》じられないほどすばらしいものをたくさん見《み》てきた。ハーパーたちはもうマインクラフトをやっていない。**マイン**

クラフトの世界《せかい》で生《い》きているのだから。

なにもかもが本物《ほんもの》そっくりだった。足《あし》の裏《うら》には砂《すな》の感触《かんしょく》があり、たいまつの**パチパチという音《おと》**も聞《き》こえる。ビーチで見《み》つけたウミガメの卵《たまご》にひびが入《はい》るところだって見《み》えるにちがいない。

「写真《しゃしん》がとれたらなあ」ポー・チェンがいった。「『海辺《うみべ》で、ウミガメ、うまく撮《と》れ』って早口《はやくち》で5回《かい》いえる？」**ポーはマインクラフトの世界《せかい》でいろいろ見《み》た目《め》を変《か》えるのがすきだ。**ビーチに来《く》ると知《し》って、ポーは今《こん》夜《や》、トランクスの水着《みずぎ》をはいていた。シュノーケリングの道具《どうぐ》をつけて、腰《こし》には浮《う》き

輪《わ》。そして、お父《とう》さんから借《か》りてきたようなシャツまで着《き》ていた。

「ウミガメを1匹《ぴき》、うちに連《つ》れて帰《かえ》れたらなあ」ジョディ・メルカードがいった。**「ぜったいにかわいいよね」**メンバーのなかで一番年《いちばんとし》下《した》のジョディは、動物《どうぶつ》が大《だい》すき。

「早《はや》く卵《たまご》がかえってくれないかなあ」といったのはアッシュ・カプーア。「このビーチにずっといられるわけじゃないし」アッシュは探《たん》検《けん》がしたくて、このデジタルの島《しま》で見《み》られるものならなんでも見《み》て

みたい。マインクラフトの中《なか》でも現実《げんじつ》の世界《せかい》でも、アッシュはいつも、きびきびと行動《こうどう》する。

「みんな静《しず》かにしてくれないかなあ」今度《こんど》は、ジョディの兄《あに》モーガンが、しーっと口《くち》に指《ゆび》を当《あ》てていった。「**夜《よる》は安全《あんぜん》じゃないんだ。なにか出《で》てくるかもしれないぞ**」モーガンはマインクラフトをたくさんやっているだけあって、みんなが知《し》らないことも知《し》っている。そんなモーガンは、みんなが危《あぶ》ない目《め》にあわないよう、とても気《き》をつけていた。

ハーパーはくすりと笑《わら》った。こうなったらいいのに、ということがみんなにはあるみたい。でも、ハーパーにはなかった。ハーパーにとっては、この瞬間《しゅんかん》だけでじゅうぶんだった。

つぎからつぎへと卵《たまご》がかえっていく。卵《たまご》から小《ちい》さなウミガメの赤《あか》ちゃんが産《う》まれては、砂《すな》の上《うえ》をはっていく。５人《にん》は１歩下《ぽさ》がって道《みち》をあけた。

「その調子《ちょうし》よ、おチビちゃん」ハーパーは海《うみ》を指《ゆび》さした。

「**海《うみ》まで行《い》くのよ**」

ハーパーは現実《げんじつ》の世界《せかい》のウミガメについても、少《すこ》しだけ知《し》っていた。産《う》まれたてのウミガメは砂浜《すなはま》を進《すす》んでいって、海《うみ》に入《はい》る。マインクラフトのウミガメもきっと同《おな》じだろう。

「思《おも》ったとおりよ」ジョディがいった。「まちがいなく１００％かわいい！」

「**でも、変《へん》な音《おと》がするぞ**」とポー。

ハーパーは耳《みみ》をすませた。近《ちか》くで低《ひく》いうなり声《ごえ》がする。ハーパーははっとした「ウミガメじゃないわ」

すると、モーガンがおどろいて飛《と》びあがった。「**ゾン**

ビだ！」

そこには、合計《ごうけい》4体《たい》のゾンビがいた。ビーチのとなりの森《もり》から出《で》てきたのだ。ゾンビたちはうでを上《あ》げてうめきながら、砂浜《すなはま》に上《あ》がってきた。

「**ウミガメの赤《あか》ちゃんがやられちゃうんじゃない？**」ジョディが心《しん》配《ぱい》そうにいった。ジョディは、マインクラフトの中《なか》で起《お》こる危険《きけん》についてはみんなほど知《し》らなかった。だから、かわいいモブには走《はし》っていっても、**気持《きも》ち悪《わる》い**ものからはとにかく逃《に》げるようにしているのだ。

「やられたりしないわよ」アッシュがこたえた。「**わたしたちがそんなことさせないから**」

ハーパーもうなずいた。アッシュのいうとおりだ。みんなでひとつになって、いくつもの冒険《ぼうけん》をしてきたんだから。**お城《しろ》をつくったり、**

敵《てき》モブをたおしたり、モンスターを助《たす》けることで村《むら》を救《すく》ったり。

それに、ハーパーは新《あたら》しい道具《どうぐ》を持《も》っていたので、使《つか》いたくてしかたがなかったのだ。ハーパーは矢《や》をならべて、弓《ゆみ》をかまえた。

「いいなあ！　弓《ゆみ》なんてどこで手《て》に入《い》れたんだ？」

とポー。

「**つくったのよ**。何本《なんぼん》かの棒《ぼう》とクモの巣《す》の糸《いと》を使《つか》ってね」ハーパーは役《やく》に立《た》ちそうなものをつくっているとき、いつもワクワクする。

でも、すぐそこにせまっていたのは、ゾンビの群《む》れをたおすという、ワクワク感《かん》だった。

ハーパーは矢《や》を放《はな》った。みごと、ゾンビの胸《むね》に

命中《めいちゅう》した。同時《どうじ》に、仲間《なかま》たちは前《まえ》に走《はし》り出《で》て、剣《けん》で攻《こう》撃開始《げきかいし》。

「みんなの分《ぶん》も弓《ゆみ》をつくってあげないとね」そういって、ハーパーはまた矢《や》を放《はな》った。「こういう相手《あいて》とは、はなれて戦《たたか》うほうがいいもの」

「そんなことないさ！」ゾンビの攻撃《こうげき》をひらりとかわしたポーがいった。「ハーパーも剣《けん》で戦《たたか》いたくなった

らいつでもいってくれよ」

ハーパーはクスクス笑《わら》った。ポーがやられないとわかっているからだ。ゾンビ4体《たい》ぐらいでは、ハーパーもこわがりはしない。

ところがそのとき、**うなり声《ごえ》**がうしろからも聞《き》こえてきた。

そんなはずはない。ハーパーは海《うみ》を背《せ》にしてビーチに立《た》っている。海《うみ》のほうからなにかがやってくるなんて、ありえない。

振《ふ》りむくと、水面《すいめん》から立《た》ちあがるモンスターが見《み》えた。

ハーパーは、またゾンビがあらわれたのだと思《おも》った。だけど、それはただのゾンビじゃなかったのだ。青《あお》みがかったスキンに、頭《あたま》からはぐにゃぐにゃしたワカメがたれ下《さ》

がっている。

「溺死《できし》ゾンビだ！」モーガンがさけんだ。

「なんですって？」ハーパーは、ぬるりとしたモブからさっと何歩《なんぽ》か遠《とお》ざかった。

「溺死《できし》ゾンビは、水中《すいちゅう》にいるゾンビみたいなものよ」アッシュは、はなれたところから大声《おおごえ》でそういうと、ただのゾンビに剣《けん》を振《ふ》りおろした。

「そいつらはもう水中《すいちゅう》にいないけど」とハーパー。

「ウミガメの赤《あか》ちゃんのほうに向《む》かってる」**ゾンビにつかまりそうになるのをひらりとかわして、モーガンがいった。**「ハーパー、ゾンビを止《と》めてくれ！」

　モーガンのいうとおりだった。溺死《できし》ゾンビはハーパーを無視《むし》して、足《あし》をずるずる引《ひ》きずりながら、ウミガメのほうへ向《む》かっている。**こ**

のままじゃ、ウミガメの赤《あか》ちゃんは、海《うみ》にたどり着《つ》く前《まえ》にゾンビにつかまっちゃう。

でも、ほかの仲間《なかま》たちはそれどころではなかった。こうなったら、ハーパーがやるしかない。

ハーパーは溺死《できし》ゾンビの背中《せなか》に向《む》けて矢《や》を放《はな》った。**やった、命《めい》中《ちゅう》！**

溺死《できし》ゾンビは赤《あか》く光《ひか》り、おそろしい声《こえ》をあげると、ハーパーのほうを向《む》いた。

「溺死《できし》ゾンビはわたしにまかせて」とハーパー。溺死《できし》ゾンビは「**ウーオー**」とうなりながら、ハーパーによろよろと向《む》かってきた。

ハーパーは弓《ゆみ》をかまえた。だけど、もう矢《や》がないじゃない。

「落《お》ちつくのよ。まだ、なにかあるはず……」

ハーパーが取《と》りだしたのは……**パン**だった。

調理《ちょうり》した鮭《さけ》。
ウールのブロック。

ハーパーの四角《しかく》い目《め》が、そわそわしながら画面《がめん》を切《き》りかえた。**持《も》ち物《もの》を整理《せいり》しなくちゃ。**

溺死《できし》ゾンビはハーパーの目《め》の前《まえ》までせまっていた。溺死《できし》ゾンビをウミガメの赤《あか》ちゃんから引《ひ》きはなすために、ハーパーはビーチのはし、森《もり》のところまで下《さ》がっていく。

すると、森《もり》の中《なか》からシューという低《ひく》い音《おと》が聞《き》こえてきた。**クリーパーだ。いまにも爆発《ばくはつ》しそう**。

「どうしよう」ハーパーは絶体絶命《ぜったいぜつめい》。目《め》の前《まえ》には溺死《できし》ゾンビがせまり、逃《に》げ道《みち》をふさいでいる。そのとき、ゾンビごしに、ウミガメの赤《あか》ちゃんが波打《なみう》ちぎわに着《つ》いたのが見《み》えた。みんな、急《いそ》いで海《うみ》に入《はい》っていく。

少《すく》なくともウミガメの赤《あか》ちゃんは助《たす》かった。

ハーパーがそう思《おも》ったとたん、クリーパーが爆発《ばくはつ》した。

第《だい》2章《しょう》

なにも気《き》にせず、進《すす》め！
とっくにめちゃくちゃにこわれてる。

　ポーはなにもかもを見《み》ていた。クリーパーが森《もり》から出《で》てきて、爆《ばく》発《はつ》し、ハーパーが波打《なみう》ちぎわまで吹《ふ》きとばされるのを、ビーチを走《はし》りながら見《み》ていたのだ。

でも、間《ま》に合《あ》わなくてハーパーを助《たす》けられなかった。

「ハーパー！　ハーパー、だいじょうぶか？」ポーはさけんだ。

「いたたた。だいじょうぶだと思《おも》うけど」そういうと、ハーパーはブロックでできた手《て》を見《み》た。「いったいどうなってんの？　ＶＲゴーグルと神経《しんけい》がつながってる？　**それとも、脳《のう》の錯覚《さっかく》ってやつ？**」

ポーはほっとして、にっこりした。「ああ、だいじょうぶだね。吹《ふ》きとばされたのに、科学《かがく》のことを考《かんが》えるだけの元気《げんき》があるんだから。それなら安心《あんしん》だ」

ポーは、このVRゴーグルのことを、科学《かがく》の成果《せいか》というよりも魔《ま》法《ほう》みたいなものだと思《おも》っていた。とはいえ、そんなことをハーパーにいうほどバカじゃない。なにせ、ハーパーはチームで一番頭《いちばんあたま》がいい。科学《かがく》についてはとくにそうだ。それから、作業台《さぎょうだい》を使《つか》わせたらハーパーの右《みぎ》に出《で》るものもいない。記憶《きおく》をたよりに剣《けん》や道具《どうぐ》をつくったのもハーパーだ。

そこに、モーガン、アッシュ、ジョディも走《はし》ってやってきた。

「クリーパーが爆発《ばくはつ》したとき、どんなふうに溺死《できし》ゾンビをやっつけたか、見《み》た？」モーガンは興奮《こうふん》していた。「すごかったよ！」

「すごかったじゃなくて**怖《こわ》かった**、だと思《おも》うけどね」ジョディがいっ

た。「ハーパー、あなた、吹《ふ》きとんでたのよ！」

「なにか食《た》べたほうがいいわ、ハーパー。HP（体力《たいりょく》）を回復《かいふく》するためにね」

とアッシュも口《くち》をはさんだ。

「森《もり》の状態《じょうたい》に比《くら》べたら、ハーパーはずっとましだよ」とポー。

クリーパーが爆発《ばくはつ》したところは、地面《じめん》にあながあき、木《き》と木《き》のあいだに大《おお》きな割《わ》れ目《め》ができていた。**木**《き》**、砂**《すな》**、土**《つち》**のブロック**が浮《う》かんでいる。それにまじっ

て、溺死《できし》ゾンビの腐肉《ふにく》まである。

「いくつかブロックを取《と》ったほうがいいよ。使《つか》い道《みち》はそのうち見《み》つかるし……」

そこまでいうと、ポーははっとした。遠《とお》くになにかが見《み》えたのだ。**木《き》でできた巨大《きょだい》な建築物《けんちくぶつ》**。月明《つきあ》かりの下《した》では細《こま》かいところまではっきりとわからない。でも、ポーは**ワクワクした**。「みんな、あれが見《み》える?」

「あれ、なに?」ジョディがたずねた。

「すごいものだよ」ポーがいった。「みんな、難破船《なんぱせん》を見《み》つけたぞ」

5人《にん》は気《き》をつけながら、古《ふる》い難破船《なんぱせん》に近《ちか》づいていった。月《つき》がしず

みかけていたけど、夜《よる》はまだ明《あ》けていない。**たくさんの敵《てき》モブが、あたりにひそんでいるだろう**。

難破船《なんぱせん》は巨大《きょだい》だった。まるで陸《りく》に乗《の》り上《あ》げてしまい、砂浜《すなはま》にぶつかったみたいだ。こわれているところはあるものの、まだまだ船《ふね》のかたちはたもっている。空《そら》に向《む》かってマストが高《たか》くそびえているのも見《み》える。

「**中《なか》に入《はい》れるかな？** 中《なか》になにがあるか見《み》てみたいよ」ポーがいった

モーガンとアッシュは顔《かお》を見《み》あわせた。５人《にん》ともマインクラフトが大《だい》すきだ。そのなかでもゲームにくわしいのは、モーガンとアッシュだった。

「どう思《おも》う？」モーガンはアッシュにたずねた。

「難破船《なんぱせん》なんて見《み》たのははじめてだよ」

「わたしもはじめて」とアッシュ。「**中《なか》には宝《たから》の入《はい》ったチェストがあるらしいけど**」

「じゃあ、ぜったい調《しら》べてみなくっちゃね」とジョディ。

ハーパーはすぐに、土《つち》と石《いし》で階段《かいだん》をつくった。そこで、ビーチからその階段《かいだん》を上《のぼ》り、5人《にん》は難破船《なんぱせん》の甲板《かんぱん》に出《で》てみる。「船《ふね》のどこかをこじ開《あ》ければ中《なか》に入《はい》れるけど、**この船《ふね》ってすごくクールだから、こわしたくない**」そういうと、ハーパーはあなから中《なか》をのぞいてみた。

「もうこわれてるようなもんだけどね」

5人《にん》は甲板《かんぱん》に集《あつ》まった。するとすぐに、ポーが船《ふね》の前方《ぜんぽう》にある宝《たから》のチェストを指《ゆび》さした。前《まえ》に読《よ》んだ本《ほん》のおかげで、ポーは**船《ふね》の前《まえ》の部分《ぶぶん》を船首《ボウ》という**ことを知《し》っていた。**弓矢《ボウ・アンド・アロウ》の弓《ボウ》**と同《おな》じ読《よ》み方《かた》だが、いまの心境《しんきょう》はむしろ、**わあ、すごい《ナウ・アンド・ワオウ》**だ。

「船尾《せんび》にもあるよ」ジョディが船《ふね》のうしろ側《がわ》を指《ゆび》さした。

5人《にん》は二手《ふたて》に分《わ》かれてチェストを開《あ》けた。どちらにも、役立《やくだ》つ道《どう》具《ぐ》がたくさん入《はい》っていた。ニンジン、ジャガイモ、火薬《かやく》、宝石《ほうせき》、エンチャントされた革《かわ》の防具《ぼうぐ》のうちのひとつが入《はい》っていた。

「**夜《よ》ふかししたかいがあったようだな**」とポー。

「まだ終《お》わってないよ。もっと見《み》てみよう」

モーガンはそういうと先頭《せんとう》に立《た》ち、短《みじか》い階段《かいだん》を下《お》りて船《ふね》の中《なか》に入《はい》っていった。そこには、もうひとつ宝《たから》のチェストが待《ま》っていた。

「**ポーが開《あ》けたら?**」アッシュがいった。「だって、ポーがこの船《ふね》を見《み》つけたんだから」

ポーはブロックでできた手《て》をこすり合《あ》わせる。まるでプレゼントをあける前《まえ》のクリスマスの朝《あさ》みたいに。

チェストのところに行《い》き、ふたを開《あ》け、中《なか》を見《み》てみると……、そこには色《いろ》あせた地図《ちず》があった。オレンジと黄色《きいろ》で

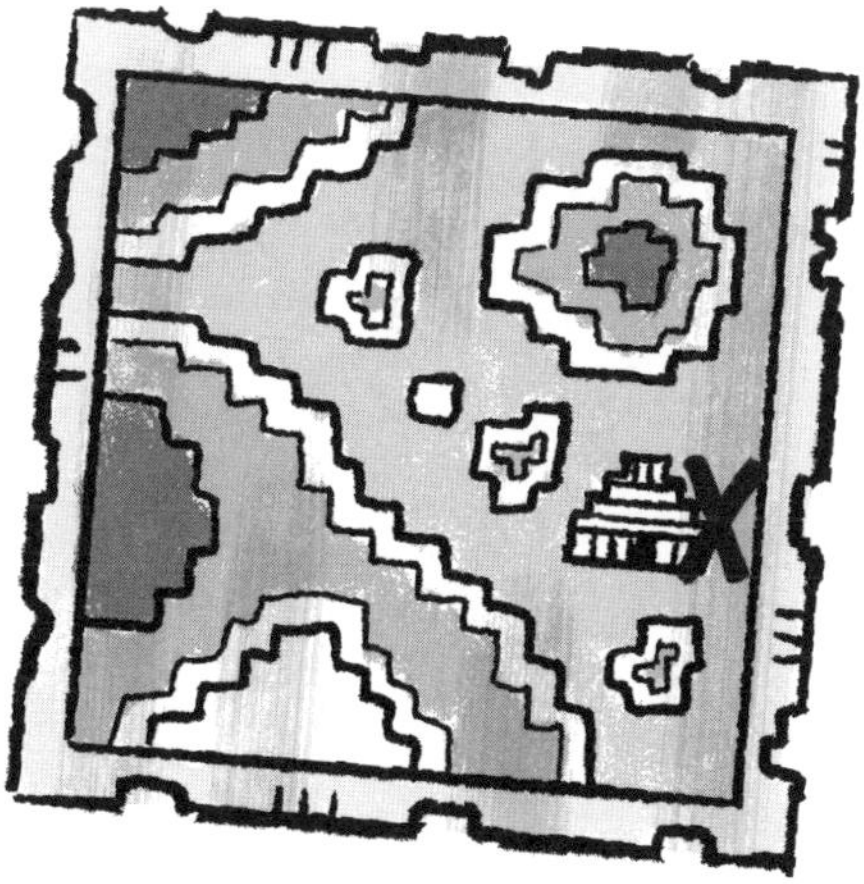

書《か》かれた地図《ちず》の上《うえ》に、赤《あか》い色《いろ》で大《おお》きな**X**が書《か》かれている。ほかにも、濃《こ》い青色《あおいろ》の液体《えきたい》の入《はい》ったビンもあった。

「**宝《たから》の地図《ちず》だ！**」興奮《こうふん》した声《こえ》でポーがいった。「ポーションもある」

「水中呼吸《すいちゅうこきゅう》のポーションだ」とモーガン。「地図《ちず》には海《うみ》の向《む》こうまで書《か》いてある」

「なるほど、その地図《ちず》の場所《ばしょ》に行《い》くのなら、このポーションが役《やく》に立《た》つわね」とハーパーがいった。

「**この地図《ちず》の場所《ばしょ》に行《い》くよね**」とポー。「だろ？」

「どうする、モーガン？　迷《まよ》ってるみたいだけど」アッシュはモーガンにきいた。

ピクセル化《か》した四角《しかく》い手《て》をあごに当《あ》て、モーガンは黙《だま》ったまましばらく考《かんが》えこんでいる。ようやく口《くち》を開《ひら》いた。「チェストの中身《なかみ》って、だいたいランダムなはずなんだ。でもこれはなんだか……そんな感《かん》

じがしない」**モーガンはせまい中《なか》を歩《ある》きまわった。**「こんな海辺《うみべ》で水《すい》中呼吸《ちゅうこきゅう》のポーションを見《み》つけるなんて、ちょっとできすぎてるよ」

アッシュもうなずいた。「なにがいいたいのかわかるわ。**どう考《かんが》えてもあやしい。**まあ、ただラッキーなだけかもしれないけど」

「ラッキーでもおかしくないわ」とハーパー。「だって、わたしなんて数分前《すうふんまえ》に吹《ふ》きとばされたんだから。少《すこ》しくらいいいことがなくっちゃ」

「それに、ぼくらがこうして実際《じっさい》にゲームの中《なか》にいるってことは、**このマインクラフトがぼくらの知《し》ってるマインクラフトとはちょっとちがうってことじゃないか**」ポーは続《つづ》けた。

「いくつか見《み》たモブも動《うご》きがおかしかったし。たぶん、このバージョンでは宝《たから》のチェストは、

それほどランダムじゃないのかも」

「そうかもしれないな」そういいつつも、モーガンはまだ考《かんが》えていた。

「だれかがなにかをたくらんでるって思《おも》ってるの?」ジョディがたずねた。「わなだとか?」

それについてはポーも考《かんが》えていた。この空間《くうかん》にはまだまだわからないことがたくさんある。5人《にん》は、理科《りか》の先生《せんせい》がつくった特別《とくべつ》なVRゴーグルを使《つか》って、このヴァーチャルな世界《せかい》にアクセスしている。でも、6個《こ》あったゴーグルのうち、**ひとつがなくなっていた**。

さらに、5人《にん》のほかにこの世界《せかい》にだれかがいることをしめす手《て》がかりもあった。そのだれかは5人《にん》の材料《ざいりょう》を盗《ぬす》み、それを使《つか》って大《おお》きな文字《もじ》ではっきりと警告《けいこく》したのだ。**「エヴォーカー・キングに気《き》をつけろ!」**と。

そして、そのなに者《もの》かは最近《さいきん》、ゾンビとガイコツを大量《たいりょう》に「ひっこし」させた。5人《にん》はさまざまななぞの答《こた》えを求《もと》めていくつかの場《ば》所《しょ》をおとずれながら、いくつものバイオームを越《こ》えていた。陸《りく》の上《うえ》で行《い》けるところは行《い》きつくし、あとはもう海《うみ》しかない。**行《ゆ》き止《ど》まりにいるようだ**。でも、海《うみ》を越《こ》えることはできる。海《うみ》の向《む》こうになにがあるのか、ポーは知《し》りたかった。

ポーの考《かんが》えを読《よ》んだかのように、すぐにハーパーがべつの考《かんが》えを口《くち》にした。「**たぶん引《ひ》きかえしたほうがいい**。わたしはあの村《むら》がすきだし、もっとたくさん羊《ひつじ》を育《そだ》てることもできる。エンチャントテーブルでもっと練習《れんしゅう》もできるわ」

「それか、お城《しろ》までもどることもできるよ。お城《しろ》をもっと大《おお》きくしてもいいし、もっと作品《さくひん》をつくってもいいし」といったのはジョディだった。

「そういうのだけがマインクラフトってわけじゃないって、わたしは思《おも》うんだけど」とアッシュが口《くち》をはさんだ。「もちろん、つくるのも楽《たの》しいけど……**ひとつの場所《ばしょ》にずっといるのはいやだな。わたしはいつも水平線《すいへいせん》の向《む》こうになにがあるのかを見《み》てみたい**」

「そうだよ！」ポーがいった。「宝《たから》の地図《ちず》が行《ゆ》き先《さき》をしめしているならなおさらだ。なにが見《み》つかるかわからないだろ？」

「**でも、わなかもしれないぞ**」とモーガン。

ポーは肩《かた》をすくめた。「そのときは、みんなでなんとかしよう」

「**力《ちから》を合《あ》わせてね**」とアッシュ。

ジョディもにこりとした。「そのことば、いいね」

「わかったわ。でも、みんなの意見《いけん》がまとまらないと」そういって、ハーパーはモーガンを見《み》た。「どう？」

モーガンはまだ暗《くら》い水平線《すいへいせん》をながめた。ポーも振《ふ》りかえって見《み》た。見《み》わたすかぎり、水《みず》しかない。

モーガンはようやく口《くち》を開《ひら》いた。「ぼくがいってるのは、Xが目的《もくてき》地《ち》だってことさ」

第《だい》3章《しょう》

秘密《ひみつ》の地下室《ちかしつ》にわざわざ行《い》くの？ ホールパスがあっても、よしなよ！

ジョディはマインクラフトのなぞについて、知《し》りたくてしかたがなかった。でも、ジョディには、現実《げんじつ》の世界《せかい》でも解《と》き明《あ》かしたいなぞがあった。

つぎの日《ひ》の朝《あさ》、ジョディは学校《がっこう》に早《はや》く着《つ》いた。**黒《くろ》いサングラス、足音《あしおと》のしないスニーカー、つばの広《ひろ》い帽子《ぼうし》。秘密《ひみつ》を探《さぐ》るにはうってつけのかっこうだ。**

でも、せっかくそんなかっこうをしたのにハーパーにはすぐに見《み》破《やぶ》られたみたい。「おはよう、ジョディ」学校《がっこう》の正面《しょうめん》の階段《かいだん》に座《すわ》って、

ホールパス
授業中《じゅぎょうちゅう》にトイレなどの理由《りゆう》で教室《きょうしつ》から出《で》る許《きょ》可証《かしょう》。

表紙《ひょうし》にドラゴンがかいてあるマンガを読《よ》んでいたハーパーが、そう声《こえ》をかけてきたのだ。「モーガンは？　いつもいっしょに登校《とうこう》してるんじゃなかったっけ？」

「お兄《にい》ちゃん、朝《あさ》ごはん食《た》べるの遅《おそ》いんだもん。だから、先《さき》に出《で》てきたの。いっしょに来《き》たかったけど、早《はや》く来《く》る用事《ようじ》があったから！」

とジョディ。

ハーパーはにっこりした。

「任務《にんむ》があるってわけね？」

ジョディは校庭《こうてい》を見《み》まわし、だれにも聞《き》かれていないかを確《たし》かめた。そして、声《こえ》をひそめた。**「今週《こんしゅう》ずっと、ドクのようすがおかしかったんだ。**どうしてなのか、つきとめようと思《おも》って」

ドク・カルペッパーは、**ゲームの世界《せかい》に入《はい》れる**VRゴーグルを開発《かいはつ》した理科《りか》の先生《せんせい》だ（とはいえ、ドク・カルペッパーにもその特別《とくべつ》なゴーグルでなにができるのか、よくわかってないようだが）。それから、ドクの「ようすがおかしい」のは、まったくいつものことでもあった。

ジョディもハーパーもドクが大《だい》すきだったが、その理由《りゆう》はちがっていた。**ドクは科学《かがく》に対《たい》してひたむきでクリエイティブで、発明《はつめい》の才能《さいのう》もあるお手本《てほん》のような人《ひと》だと、ハーパーは思《おも》ってい**

た。一方《いっぽう》、ジョディにとってドクは、目《め》の前《まえ》にあるなぞだった。ふしぎで、なぞめいていて、大昔《おおむかし》に地球上《ちきゅうじょう》のあちこちにいた人魚族《にんぎょぞく》の生《い》き残《のこ》りかもしれない、と思《おも》っていたのだ。

「**調査《ちょうさ》するのにアシスタントはいらない？**」ハーパーがたずねた。「わたしでよかったらどう？」

ジョディは笑《わら》いかえすと、ハーパーに感謝《かんしゃ》して帽子《ぼうし》をわたした。

「仲間《なかま》になってくれてうれしい。だって、その帽子《ぼうし》、わたしには大《おお》きすぎるから！」

ジョディはハーパーを階段《かいだん》まで連《つ》れていった。**階段《かいだん》は、ほの暗《ぐら》い地下《ちか》へと続《つづ》いている。**

「ここを下《お》りるの？」とハーパー。「理科室《りかしつ》は1階《かい》でしょ」

ジョディはいった。「**そこがあやしいんだよね。**今週《こんしゅう》、ドクがここから下《お》りるのを3回《かい》も見《み》たの。3回《かい》とも、水《みず》をいっぱいに入《い》れたバケツを運《はこ》んでた」

「それはへんね」ハーパーはうす暗《ぐら》い中《なか》を、階段《かいだん》をふみ外《はず》さないよう手《て》すりをしっかりにぎっている。「科学《かがく》の実験《じっけん》に使《つか》うためかな？」

「ちがうと思《おも》う。**ドクは地下《ちか》にプールをつくってるのよ。ううん、スケートリンクかも！**」ジョディは、むむという顔《かお》をした。「でもよく考《かんが》えてみると、ハーパーのいうとおりのような気《き》もしてきた」

ふたりは地下《ちか》に着《つ》いた。部屋《へや》の片側《かたがわ》には大《おお》きなボイラーがある。うしろのかべには、金網《かなあみ》の扉《とびら》のついた大《おお》きなロッカー。ロッカーの中《なか》には掃除用具《そうじようぐ》が入《はい》っていて、床《ゆか》から天井《てんじょう》まである金属製《きんぞくせい》の棚《たな》の上《うえ》にきれいに重《かさ》ねて置《お》かれていた。

「なんか、においがしない？」

ハーパーがたずねた。

ジョディはくんくんかいでみた。「このにおいは……海《うみ》？」

「海水《かいすい》ね」とハーパー。

「あたりまえよ！」とジョディ。「ハーパー、**もしドクがアトランティスから来《き》てたら、どうする？** だから、ドクの科学《かがく》はあんなに進《すす》んでるのよ！」

ハーパーはジョディをうたがわしそうな目《め》で見《み》た。「ドク

は大学《だいがく》に行《い》って、博士号《はかせごう》をふたつ取《と》ってるの。**だから、ドクの科学《かがく》はあんなに進《すす》んでるのよ**」

「**たぶん、ドクは大学《だいがく》に行《い》ったのよ……アトランティスのね**」とジョディ。

「そうかもね」そういうと、ハーパーはいくつかある小《ちい》さな水《みず》たまりを指《ゆび》さした。水《みず》たまりは、部屋《へや》の横《よこ》の廊下《ろうか》まで続《つづ》いている。「あっちまで続《つづ》いてる」

ふたりは短《みじか》い廊下《ろうか》のはしまで歩《ある》いていった。一番奥《いちばんおく》の部屋《へや》のドアが少《すこ》し開《ひら》いている。**ジョディは中《なか》をのぞきこんだ。**

「なにが見《み》える？」ハーパーは小《ちい》さな声《こえ》

でたずねた。

「教室《きょうしつ》みたい」ジョディはひそひそ声《ごえ》でいった。「でも、大《おお》きな水《みず》のタンクがあって、**なにか聞《き》こえる気《き》がする。**動物《どうぶつ》が1匹《ぴき》、**キーキー**さけびながら、ちょこちょこ逃《に》げてるような」

ジョディは耳《みみ》をすませた。すると、かん高《だか》い音《おと》が鳴《な》りだした。あまりに大《おお》きな音《おと》だったので、ジョディは思《おも》わずさけびそうになった。

「わたしたち、警報器《けいほうき》にひっかかっちゃったみたい」ジョディが、
アラーム音《おん》が鳴《な》っていても聞《き》こえるくらいの声《こえ》でさけんだ。「**きっとサメ男《おとこ》がわたしたちの行《ゆ》く手《て》をはばもうとやって来《き》てるのよ！** ここから逃《に》げなくちゃ！」

「待《ま》って」そういうと、ハーパーはリュックの中《なか》に手《て》を入《い》れた。取《と》り出《だ》したのは……スマートホンだった。着信音《ちゃくしんおん》が鳴《な》っていたのだ。

すると、ドアがさっと開《ひら》いた。ドアのところにドクが立《た》っていた。

「いったいぜんたい、なんのさわぎ?」

「ごめんなさい!」ハーパーは、ジョディとドクに同時《どうじ》にあやまっているようだった。「**姉《ねえ》さんのおさがりのスマホをもらったんですが**、マナーモードにし忘《わす》れたみたいで」

ジョディは頭《あたま》をかかえた。ハーパーはいろいろな才能《さいのう》に恵《めぐ》まれているけど、探偵《たんてい》には向《む》いてないみたい。

「**でも、ふたりともこんなところで、なにしてるの?**　またわたし、始業《しぎょう》のベルに気《き》づかなかった?」

「えっと、その、わたしたち……」ジョディはもごもごといいわけを探《さが》した。

「わたしたち、気《き》になったんです」そういうと、ハーパーはジョディを見《み》た。その目《め》は、**正直《しょうじき》にいったほうがいいよ**、と語《かた》っていた。

ジョディは肩《かた》をすくめた。「はい。きのう、水《みず》の入《はい》ったバケツを

持《も》ってるところを見《み》たので」

「ああ、それね」とドク。「**うん、人魚《にんぎょ》たちののどがカラカラで……**」

ジョディはワクワクした。「ここに人魚《にんぎょ》がいるの？」

ドクはクスクス笑《わら》った。「からかったんだよ。**ほんとは、人魚《にんぎょ》なんかよりもいいものがある。**こっちにきて見《み》てごらん」

ドクのあとについて中《なか》に入《はい》ると、海《うみ》のにおいがふたりの鼻《はな》をついた。見《み》た目《め》は実験室《じっけんしつ》とそっくりだけど、もっと大《おお》きい。黒《くろ》い長机《ながづくえ》が1ダースもあり、それぞれの机《つくえ》の上《うえ》には大《おお》きな水槽《すいそう》が置《お》いてある。水槽《すいそう》には水《みず》しか入《はい》っていない。それから、部《へ》

屋《や》のうしろには……。

「スイートチークス男爵《だんしゃく》！」クラスで飼《か》っているハムスターがかごの中《なか》にいるのを見《み》つけると、ジョディは大《おお》きな声《こえ》を出《だ》した。「こんなところでなにしてるの？」

「ミス・ミネルヴァが貸《か》してくれたんだ」とドク。「ひとりでここにいると、さみしくなるからね。**それに、科学《かがく》には立《た》ち会《あ》う人《ひと》が必要《ひつよう》だから**」

ハムスターはボトルから水《みず》をピチャピチャ飲《の》んでいた。きょうはとくにかわいく見《み》える。すると、ジョディはそのとなりにある水槽《すいそう》に目《め》をとめた。ほかの水槽《すいそう》とちがって、生《い》き物《もの》がいっぱいいて、水《み》底《ぞこ》も色《いろ》あざやかだ。その中《なか》を**小《ちい》さな魚《さかな》がすいすいと行《い》ったり来《き》たりしている**。

「どんな実験《じっけん》をしてるんですか？」ハーパーがたずねた。「**まるで海《うみ》**

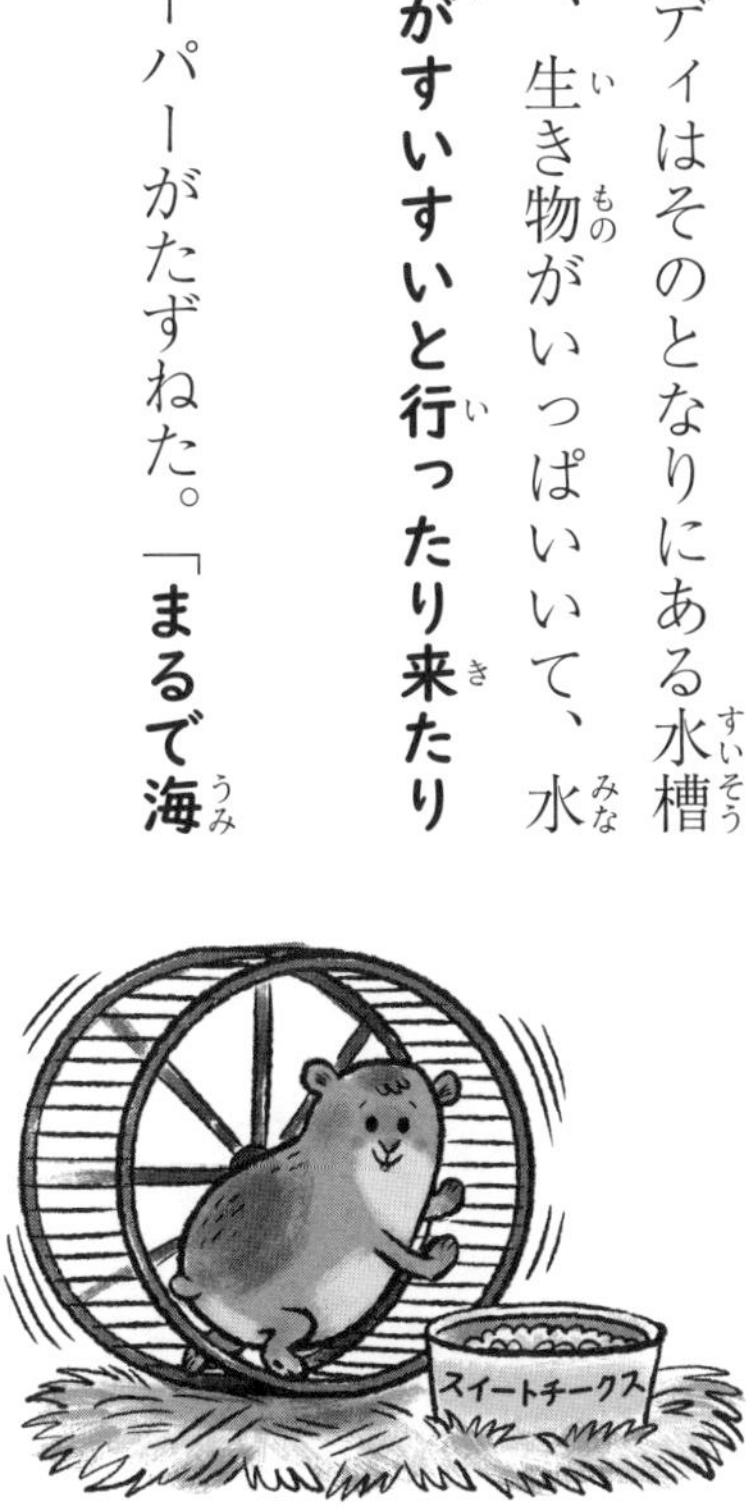

を小《ちい》さく切《き》りとったみたいだけど」

「そのとおり」とドク。「**ここからすばらしい実験《じっけん》がはじまるんだ。**明日《あした》、メインの水槽《すいそう》からサンゴをいくつか持《も》ってくる。それから、そこにある水槽《すいそう》にサンゴをうつしていく」

「**これ、サンゴなの？**」そうたずねると、ジョディは近《ちか》くで見《み》てみた。水底《みなぞこ》にあるのはほとんどが石《いし》だと思《おも》っていたのに、近《ちか》くで見《み》ると、なんだか骨《ほね》や殻《から》のようなものに見《み》える。うずをまいていたり、枝分《えだわ》かれしていたり、おもしろい形《かたち》をしている。色《いろ》とりどりで、とてもきれいだ。

「海《うみ》の中《なか》みたい！」ジョディは続《つづ》けていった。

前《まえ》に本《ほん》のなかで、すばらしいサンゴ礁《しょう》の写真《しゃしん》を見《み》たことがある。礁《リーフ》というのは海《うみ》の生《い》き物《もの》が生《い》きている場所《ばしょ》のことだ。そのイメージを思《おも》い浮《う》かべるたびに、ジョディは海《うみ》の中《なか》ではなく熱帯雨林《ねったいうりん》を思《おも》いだした。

「これは実験《じっけん》のためですか？」そういうと、ハーパーはあふれる色《いろ》に目《め》をうばわれた。**「わたしたちにも、なにかお手伝《てつだ》いできませんか？」**

ドクはにこりとした。「そういってくれるのを待《ま》ってたんだ。実《じつ》は、これぐらい大《おお》きなプロジェクトとなると、きみたちのクラス全員《ぜんいん》に手伝《てつだ》ってもらわないと」

「おもしろそう！」とジョディ。

「すごい！」とハーパー。

突然《とつぜん》、ハーパーのリュックからまたかん高《だか》い電子音《でんしおん》が鳴《な》りひびいた。

「わっ、すみません」そういって、**ハーパーがリュックをたたくと、**

音《おと》は鳴《な》りやんだ。

第《だい》4章《しょう》

ス“ムー”ズな航海《こうかい》。（“ムー”の意味《いみ》はあとでわかるでしょう）

マインクラフトの中《なか》で夜《よ》が明《あ》けると、ハーパーたちはひとつ目《め》のボートをつくった。

古《ふる》い木《き》の板《いた》を難破船《なんぱせん》から取《と》ってきて使《つか》うというのは、アッシュのすばらしいアイデアだ。そうすれば、自分《じぶん》たちの持《も》ち物《もの》の木《き》を使《つか》ってしまうこともない。さらに、大《おお》きな船《ふね》から小《ちい》さなボートをつくるのは、とてもロマンがある。船《ふね》は陸地《りくち》に上《あ》がってしまったけれど、その一部《いちぶ》はもう一度《いちど》海《うみ》に出《で》るのだから。

つくり方《かた》はいたってシンプル。あっという間《ま》に、**5つのボートが**

水面《すいめん》に浮《う》かんでいた。

「みんなで1そうのボートに乗《の》れたらいいのに」とモーガン。

「このボートにはひとりしか乗《の》れないの」とアッシュ。「でも、みんなでいっしょに行《い》きましょう。はなれないようにして」

「**アー**」ポーが、海賊《かいぞく》をまねた声《こえ》をあげてからいった。「**日《ひ》の光《ひかり》を無《む》駄《だ》にするな**」船長《せんちょう》のかぶる帽子《ぼうし》をかぶり、黒《くろ》ひげをたくわえ、海賊《かいぞく》のかっこうをしている。ポーは樺《かば》の木《き》のボートにとび乗《の》った。「出航《しゅっこう》だ！」

「しゅっこう？」ジョディがくり返《かえ》した。
「**船乗《ふなの》りの言葉《ことば》よ**」とハーパー。「『さあ、行《い》くぞ』ってこと」
「ああ」ジョディはひひひと笑《わら》い、

自分《じぶん》のボートに乗《の》った。「それならこう答《こた》えないとね。アイアイサー！」

最初《さいしょ》、アッシュは緊張《きんちょう》していた。現実《げんじつ》の世界《せかい》でボートに乗《の》ったときに、船《ふね》がゆれて気分《きぶん》が悪《わる》くなったからだ。でも、ここでは問題《もんだい》なかった。**海《うみ》はおだやかで静《しず》か。**まるできらきら光《ひか》るすばらしい青《あお》いじゅうたんのように。

みんなで学校《がっこう》のことやポーのバスケットボールチームのこと、ハーパーが、ドクのサンゴの研究《けんきゅう》にワクワクしていることなどを話《はな》した。気《き》がついたときには、日《ひ》が暮《く》れていた。

「ここにはベッドを置《お》ける場所《ばしょ》がないぞ」とモーガン。

「**でも、心配《しんぱい》するようなモブもいないし**」アッシュがいった。「このまま進《すす》んだほうがいいよ」

そこで5人《にん》は月《つき》の光《ひかり》をたよりにして、夜《よ》どおしボートをこいで

アイアイサー
船乗《ふなの》りが使《つか》う返事《へんじ》。「わかりました」という意《い》味《み》。

いった。

もう一度《いちど》夜《よ》が明《あ》けると、モーガンは地図《ちず》を見《み》た。**「まだずっと先《さき》だ」**

アッシュはなにか役《やく》に立《た》ちたいと思《おも》った。「釣《つ》りをしたほうがいいんじゃない？　釣《つ》り竿《ざお》を持《も》ってるのは、だれだっけ？」

「そいつはおれだな、相棒《あいぼう》」そういうと、ポーはアッシュのほうに向《む》かい、アッシュのボートに釣《つ》り竿《ざお》を置《お》いた。**ハーパーがエンチャントしていたので、釣《つ》り竿《ざお》を使《つか》うのは簡単《かんたん》だった。**パンとリンゴに加《くわ》えて、すぐに調理《ちょうり》した魚《さかな》が主《おも》な食料《しょくりょう》になった。ないよりはましだけれど、生魚《なまざかな》じゃお腹《なか》を満《み》たすことはできないからだ。アッ

シュは食料《しょくりょう》をきちんと用意《ようい》しておきたかった。ガールスカウトの**野生探索《やせいたんさく》のバッジを持《も》っているアッシュ**は、なんにでも備《そな》えておきたいのだ。

5人《にん》はここちよい静《しず》けさのなかで落《お》ちついていた。太陽《たいよう》が空《そら》を横切《よこぎ》ってしずんでいく。この世界《せかい》ではあっという間《ま》に昼間《ひるま》が終《お》わり、夜《よる》はもっと短《みじか》い。

5人《にん》は進《すす》んでいった。

航海《こうかい》をはじめて4日《か》目《め》、ポーが大《おお》きな声《こえ》を出《だ》した。「**おーい、陸地《りくち》だ!**」

アッシュは、ポーが指《ゆび》さすほうに顔《かお》を向《む》けた。ポーのいうとおり、陸地《りくち》がある！　あれってわたしたちの目的地《もくてきち》なの？　モーガン」

　モーガンはすでに地図《ちず》を調《しら》べていた。「いや、もう少《すこ》し先《さき》だ。**地図《ちず》では大《おお》きな大陸《たいりく》**があるんだけど、あれは小《ちい》さな島《しま》だな」モーガンは肩《かた》をすくめた。「調《しら》べてみたほうがいい。ベッドを置《お》いて、スポーン地点《ちてん》を変更《へんこう》しよう」

「とにかく、すぐに接続《せつぞく》を切《き》ったほうがいいみたい」とハーパー。「**休《やす》みをとらずにこんなに長《なが》くゲームの中《なか》にいたのははじめて**」

「ハーパーは宿題《しゅくだい》がしたくてうずうずしてるのよ」ジョディがからかった。

「そんなことない！」とハーパー。「とはいえ、きょうの割《わ》り算《ざん》の問題《もんだい》はとてもやりがいがありそうだけど」

「アー！」ポーがまた海賊《かいぞく》のようにさけんだ。**「宿題《しゅくだい》の話《はなし》はもういいよ。やめないと、甲板《かんぱん》をモップで掃除《そうじ》させるぞ」**

ちょうど太陽《たいよう》がしずんだころに、５人《にん》は陸地《りくち》に下《お》りた。地面《じめん》は奇《き》妙《みょう》に灰色《はいいろ》がかっていて、みんなよりも背《せ》の高《たか》い**大《おお》きなきのこ**が生《は》えていた。

「ここってなんなの？」ジョディがたずねた。

「きのこの島《しま》さ！」興奮《こうふん》のあまり、ポーは海賊《かいぞく》のようなしゃべり方《かた》をするのを忘《わす》れていた。「ってことは、**いままで見《み》たことのないすばらしい動物《どうぶつ》**が見《み》られるかもしれないぞ」

「ラマも見《み》られる？」ジョディが目《め》を輝《かがや》かせてたずねた。**ジョディはラマが大《だい》すきなのだ。**

「いや、もっといいものさ」とポー。

「パンダは？　イルカは？　サルは？　犬《いぬ》は？

おかしなかっこうをした犬《いぬ》は?」ジョディは、パンダやイルカやサルや犬《いぬ》やおかしなかっこうをした犬《いぬ》が大《だい》すきなのだ。**でも、嫌《きら》いな人《ひと》なんている!?**

アッシュは笑《わら》った。「ジョディはすきな動物《どうぶつ》がたくさんいるんだね」

「でも、現実《げんじつ》の世界《せかい》では見《み》たことのないものが、ぼくらを待《ま》ってるかもしれないぞ」そういうと、ポーは指《ゆび》をさした。

そのとき、向《む》こうの角《かど》を曲《ま》がってモブがやってきた。**牛《うし》に見《み》えるけど、**赤《あか》と白《しろ》の模様《もよう》があって、背中《せなか》には小《ちい》さなきのこが生《は》えている。

「なに……」とジョディ。「あの、びっくりするくらいすばらしくてかわいい生《い》き物《もの》はなに?」

「**ムーシュルームだよ!**」ポーはうれしそうにいった。

「だれか小麦《こむぎ》をちょうだい! 早《はや》く早《はや》く!」

アッシュは自分《じぶん》の持《も》ち物《もの》を調《しら》べてみた。**すると、小麦《こむぎ》がひと束見《たばみ》つかったので、地面《じめん》に置《お》いた。**ポーは小麦《こむぎ》をさっとひろうと、大《おお》きな目《め》をした牛《うし》まで走《はし》っていった。

ポーはムーシュルームの顔《かお》の前《まえ》で小麦《こむぎ》を振《ふ》る。ムーシュルームは小麦《こむぎ》に興味《きょうみ》を持《も》ったのか、**ポーが小《ちい》さな島《しま》を走《はし》りまわると、**どこでもついていった。

「つぎはわたし！　つぎはわたし！」そうさけびながら、ポーを追《お》いかけるムーシュルームを、ジョディは追《お》いかけた。それを見《み》て、みんなが笑《わら》った。

そのとき、暗《くら》いかげがひとつ、5人《にん》の上《うえ》に落《お》ちてきた。そして、またひとつ、またひとつとかげが落《お》ちてきた。

アッシュは上《うえ》を見《み》た。月《つき》の光《ひかり》のおかげで、空《そら》を飛《と》ぶ3つのなにかが見《み》えた。「あれってコウモリ？」

「よくわからないわ」とハーパー。「**でも、コウモリにしては大《おお》きすぎる気《き》がする**」

「まずい」モーガンがいった。「ジョディ！　ポー！　こっちに来《く》るんだ！」

　アッシュとジョディの顔《かお》からすぐに笑顔《えがお》が消《き》えた。モーガンの声《こえ》から大変《たいへん》なことが起《お》きているとわかったのだ。「お兄《にい》ちゃん、あれはなんなの？」とジョディ。「屋根《やね》のあるところに逃《に》げるんだ！」モーガンがいった。「**ファントムだ。こっちに来《く》るぞ！**」

第《だい》5章《しょう》

空《そら》を飛《と》ぶおそろしいもの。海底《かいてい》にひそむ危険《きけん》。ほかにはどんなものが？

モーガンは、島《しま》の上《うえ》を低《ひく》く飛《と》んでいるファントムのうち、最初《さいしょ》に下《お》りてきた1体《たい》をよく見《み》た。

パッと見《み》たところ、コウモリのようだ。でも、現実世界《げんじつせかい》のコウモリよりもずっと大《おお》きく、**ファントムの羽《はね》はすりきれた古《ふる》いカーテンのようにボロボロだった。**さけた青《あお》い皮膚《ひふ》から白《しろ》い骨《ほね》がつき出《で》ていて、目《め》は緑《みどり》がかったぶきみな光《ひかり》を放《はな》っている。

ファントムは攻撃《こうげき》してくるように見《み》えた。そして、実際《じっさい》に攻撃《こうげき》してきた。

まいおりてきたファントムはジョディを切《き》りつけた。ジョディは赤《あか》く光《ひか》った。ダメージを受《う》けたのだ。

「**わあ**」とジョディ。「**やられちゃった！**」

ジョディを攻撃《こうげき》したあと、ファントムは空《そら》にまいあがった。残《のこ》りの2体《たい》といっしょに、5人《にん》の頭上《ずじょう》をぐるぐるとまわっている。

「かくれるところなんてないぞ！」ポーがいった。「ハーパー、弓《ゆみ》を出《だ》すんだ」

「**出《だ》してもしょうがないよ**。もう矢《や》がないもの。羽《はね》がなくちゃつくれない！」

「剣《けん》で反撃《はんげき》しよう」アッシュがいった。「ファントムが攻撃《こうげき》してくるのを待《ま》つの」

「**それは危険《きけん》すぎる**、もうジョディはやられてるんだ。ジョディ、あとどれくらいハートは残《のこ》ってるんだ？」モーガンがきく。

「わたしならだいじょうぶ」そういったものの、**ジョディの声《こえ》は恐《きょう》怖《ふ》でふるえていた。**

戦《たたか》うのは危険《きけん》だ。島《しま》に安全《あんぜん》な場所《ばしょ》はない。ボートで逃《に》げるのではつかまってしまう。

どうしたらファントムから逃《に》げられるのか、モーガンにはひとつだけ考《かんが》えがあった。でも、それがいい案《あん》なのか、モーガンにはわからなかった。

すると、３体《たい》のうちの１体《たい》が５人《にん》をめがけて下《お》りてきた。

やるなら、いましかない。

モーガンはさけんだ。「みんな、海《うみ》に飛《と》びこめ！」

モーガンはジョディが島《しま》のはしまで来《く》るのを待《ま》った。**それから、全員《ぜんいん》いっしょにザブンと音《おと》を立《た》てて、水《みず》の中《なか》に飛《と》びこんだ。**

飛《と》びこめ!

水《みず》の中《なか》は青《あお》くかすんでいて、最初《さいしょ》、モーガンにはほとんどなにも見《み》えなかった。でも、さらにもぐっていくと、まったく新《あたら》しい世界《せかい》が目《め》の前《まえ》にひらけた。

マインクラフトの世界《せかい》の色《いろ》とりどりの魚《さかな》たちが群《む》れをなして、水《みず》の中《なか》をすいすい泳《およ》いでいる。何本《なんぼん》もの長《なが》い昆布《こんぶ》でできた森《もり》が流《なが》れの中《なか》でゆらゆらゆれている。はなれたところでは、**イカ**が触手《しょくしゅ》を使《つか》って水中《すいちゅう》をびゅんびゅん泳《およ》いでいく。

美《うつく》しい景色《けしき》だ。でも、ひとつだけ足《た》りないものがある。息《いき》をするための空気《くうき》がない。

モーガンはぱちぱちと2度《ど》まばたきをした。そうすると、メニューがあらわれるのだ。HP（体力《たいりょく》）と空腹《くうふく》ゲージは満《まん》タンになっていたけど、**酸素《さんそ》はすでに半分《はんぶん》になっている。**

モーガンは水中呼吸《すいちゅうこきゅう》のポーションを取《と》りだした。ところが、モー

ガンがそれを飲《の》む前《まえ》に、アッシュがやってきて首《くび》を振《ふ》った。

　モーガンにはよくわからなかった。**ポーションは一時《いちじ》しのぎにすぎないけれど**、ないよりはましなはずだ。

　アッシュはモーガンと残《のこ》りの3人《にん》についてくるよう身《み》ぶりで伝《つた》えた。そして、水中《すいちゅう》にあるなにかを指《ゆび》さした。そこでは、

なにかが動《うご》いている。
巨大《きょだい》な泡《あわ》の柱《はしら》だ。**泡《あわ》は海底《かいてい》にあるオレンジ色《いろ》に光《ひか》る四角《しかく》いマグマブロックから立《た》ちのぼっていて、**水面《すいめん》に向《む》かって浮《う》かんでいく。そして、泡《あわ》の柱《はしら》に入《はい》ると……

息《いき》ができる！ モーガンは深呼吸《しんこきゅう》してから、上《うえ》と下《した》を見《み》た。マグマブロックからの光《ひかり》で、みんなが無事《ぶじ》に泡《あわ》のところまでたどり着《つ》いたのが見《み》えた。

ファントムの影《かげ》も目《め》に入《はい》った。**まるで飢《う》えたサメのように、**まだ水面《すいめん》の上《うえ》を飛《と》びまわっている。

モーガンはほっとした。マインクラフトの世界《せかい》には、本物《ほんもの》のサメはいない。もちろん、水中《すいちゅう》にはほかの危険《きけん》なものがあるけれど。でも、いまは考《かんが》えないほうがいい。

とにかく、安全《あんぜん》な場所《ばしょ》が必要《ひつよう》だ。モーガンはハーパーのところまで泳《およ》いでいった。**5人《にん》のなかでなんでもつくるのが一番早《いちばんはや》いのはハーパーだ。**それに、ハーパーはたいてい**モーガンが忘《わす》れてしまったレシピや手順《てじゅん》**をおぼえている。

モーガンは両手《りょうて》を上《あ》げ、頭《あたま》の上《うえ》で三角形《さんかっけい》の屋根《やね》をえがこうとした。安《あん》全《ぜん》な場所《ばしょ》だよ、モーガンは心《こころ》のなか

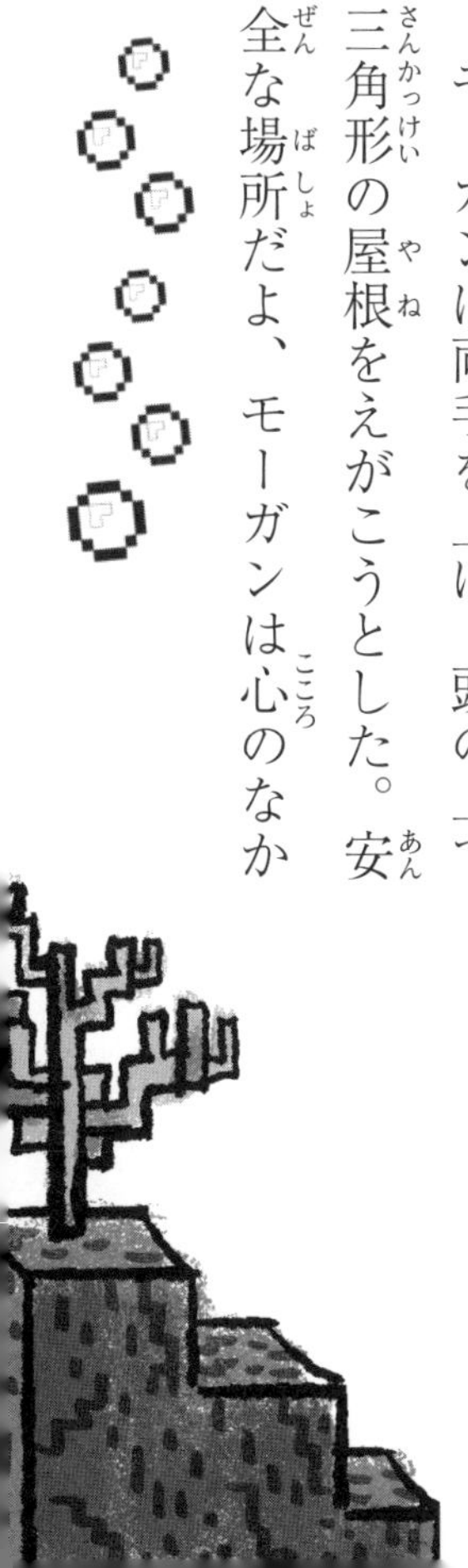

でそうつぶやいた。**なあ、ハーパー。安全《あんぜん》な場所《ばしょ》をつくろう！**

ハーパーはぽかんとした顔《かお》をするだけだった。首《くび》を振《ふ》り、肩《かた》をすくめる。身《み》ぶりだけでは、モーガンがなにを伝《つた》えたいのかわからない。

モーガンは自分《じぶん》でやるしかないと思《おも》った。**でも、持《も》ち物《もの》には、役《やく》に立《た》つ材料《ざいりょう》はほとんどない。**モーガンは海底《かいてい》まで泳《およ》いでいき、土《つち》を掘《ほ》って積《つ》みかさね、土台《どだい》にした。

気《き》が遠《とお》くなりそうなほど時間《じかん》がかかった。いくつかブロックを置《お》くたびに、**空気《くうき》を吸《す》いに泡《あわ》のところまでもどらないといけない。**

ようやく、アッシュはモーガンがなにをしているのかわかったようだ。アッシュはモーガンに向《む》けて首《くび》を振《ふ》ると、近《ちか》くにある石《いし》のかべのほうを指《さ》した。モーガンは思《おも》った。もちろん、**すでにある天然《てんねん》のかべを使《つか》えば、材料《ざいりょう》を節約《せつやく》してつくれる。**

アッシュは水中《すいちゅう》にある岩《いわ》かべにそってガラスを置《お》いていった。**密《みっ》**

閉《へい》された部屋《へや》をひとつつくれるだけのガラスをアッシュは持《も》っていた。実際《じっさい》には、それは部屋《へや》というよりエレベーターシャフトのようだった。天井《てんじょう》すらないかわりに、水面《すいめん》までつながっている。水面《すいめん》まで泳《およ》いでいくとファントムにつかまってしまうかもしれないので、危険《きけん》だ。**でも、そうすれば、空気《くうき》をたっぷり吸《す》うことができるのだ。**

アッシュはすばやい動《うご》きで、ほんの一瞬《いっしゅん》しか水面《すいめん》にいなかった。

しばらくすると、安全《あんぜん》な場所《ばしょ》が完成《かんせい》した。アッシュは建物《たてもの》を自分《じぶん》のまわりにつくっていったので、建物《たてもの》の内側《うちがわ》にいた。

モーガンはガラスごしに身《み》ぶりで伝《つた》えようとした。**オーケー。安《あん》全《ぜん》な場所《ばしょ》だ。でも、まだ水《みず》でいっぱいだぞ。これじゃあ、すぐにアッシュの呼吸《こきゅう》が続《つづ》かなくなってしまう！**

また呼吸《こきゅう》をしに水面《すいめん》まで泳《およ》いでいくかわりに、アッシュは白《しろ》い材《ざい》料《りょう》を出《だ》した。ウールだった。アッシュは建物《たてもの》の内側《うちがわ》をふわふわの白《しろ》いウールのブロックで埋《う》めはじめた。

どうしてアッシュがそんなことをしているのか、モーガンにはまるでわからなかった。

すぐに建物《たてもの》はウールで埋《う》めつくされてしまい、アッシュは身動《みうご》きが取《と》れなくなった。

すると、アッシュは火《ひ》打《う》ち石《いし》を取《と》りだした。

アッシュが火花《ひばな》を出《だ》す。

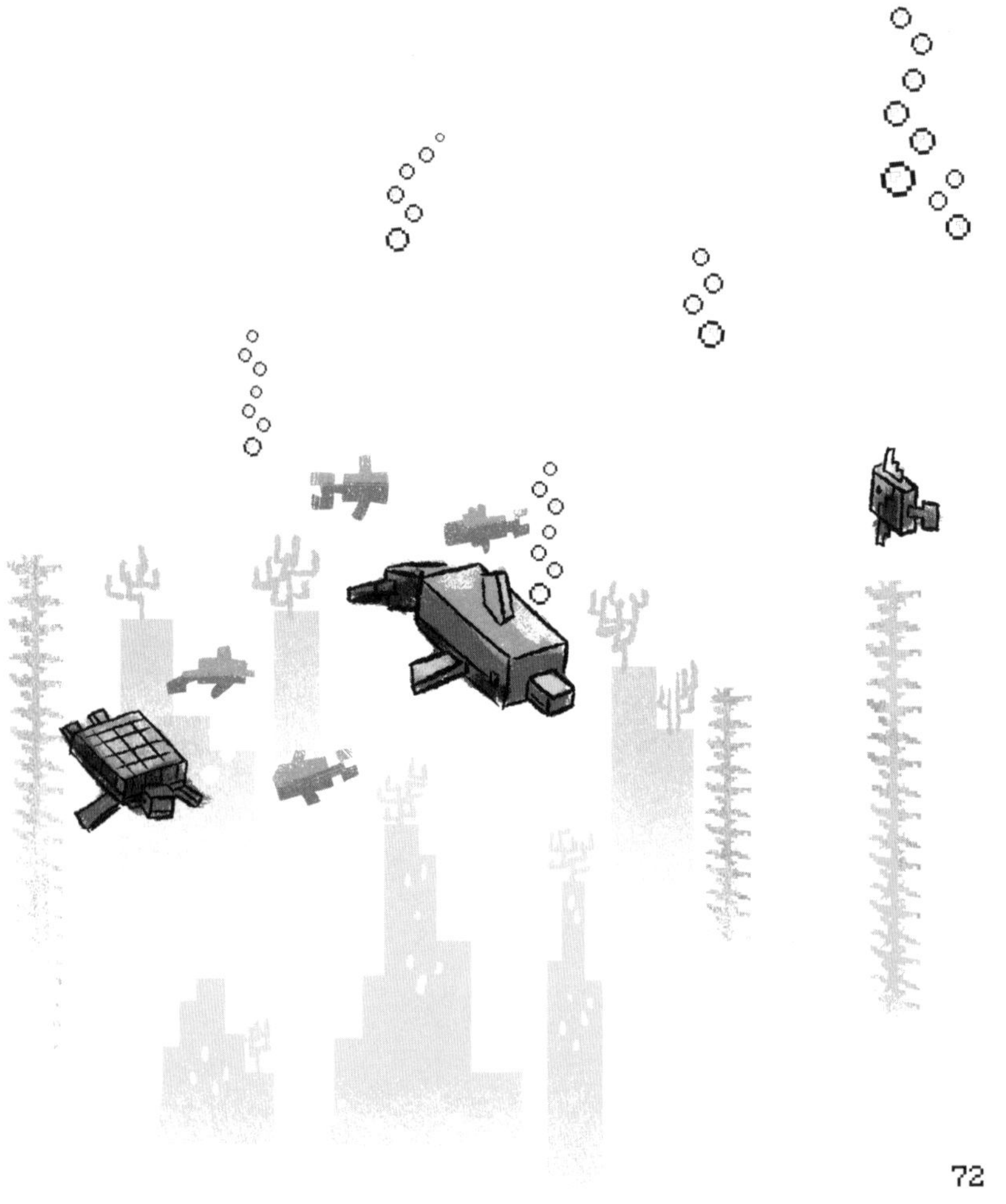

ウールは燃《も》えあがった。

アッシュはバチバチと燃《も》えさかる炎《ほのお》のまん中《なか》にいた。

モーガンはアッシュの名前《なまえ》をさけぼうとした。でも、口《くち》を開《あ》けても声《こえ》が出《で》ない。**いきおいよく泡《あわ》が出《で》てきただけだった。**

第《だい》6章《しょう》

予想《よそう》していなかった理科《りか》のパートナー。（それとはべつの大失敗《だいしっぱい》）

アッシュのアバターが炎《ほのお》に包《つつ》まれる前《まえ》から、**すでにハーパーは完《かん》全《ぜん》にパニックになっていた。**

泡《あわ》の柱《はしら》の中《なか》にいても、息《いき》ができないような気《き》がする。

マインクラフトの世界《せかい》でＨＰ（体力《たいりょく》）がなくなったら、**なにが起《お》こるのだろう？**　その答《こた》えがわからないのが、ハーパーはいやだった。**このマインクラフトの世界《せかい》を動《うご》かしている科学《かがく》のしくみを理解《りかい》したくてしかたがない。**

ハーパーはパンを持《も》って、アッシュのところまで泳《およ》いでいった。

それくらいしか思《おも》いつかなかったのだ。

でも、アッシュはハーパーに手《て》を振《ふ》って、近《ちか》づかないように伝《つた》えた。アッシュはガラスのかべの向《む》こう側《がわ》に立《た》っていたが、炎《ほのお》は燃《も》えつきている。水《みず》もなくなっていた。**アッシュは安全《あんぜん》な場所《ばしょ》をつくりだしたのだ。海《うみ》の底《そこ》なのに空気《くうき》のある小《ちい》さな場所《ばしょ》。**アッシュはじっと立《た》っていた。無事《ぶじ》だった。

4人《にん》は、アッシュが建物《たてもの》にドアをつくるのをじっと見《み》つめる。ドアができあがると、最初《さいしょ》に中《なか》に入《はい》ったのはハーパーだった。

「アッシュ、すごい！　ウールをもやして水《みず》をすっかりなくしちゃうなんて、どうやって考《かんが》えついたの？　**さあ、なにか食《た》べないと！**」

アッシュがパンをむしゃむしゃ食《た》べていると、ほかの仲間《なかま》も中《なか》に入《はい》ってきた。せまいけど、水《みず》はない。

「炎《ほのお》に包《つつ》まれないですむ方法《ほうほう》を思《おも》いつけたら、よかったんだけどなあ」とアッシュ。「でも、なんとかできるだけのHP（体力《たいりょく》）があるってわかってた」

「**見《み》ていて、ぞっとしたけどね。**無事《ぶじ》でよかったよ」とモーガン。

「それに、ここってすてき！」とジョディ。「あべこべの水族館《すいぞくかん》みたい」

「たしかに、ながめもすばらしいけど、それよりもベッドを置《お》けるのが大《おお》きいよね」

「ということは、きょうのところはようやく、この世界《せかい》を出《で》られるってわけね」ジョディはほっとした。それからジョディはからかうようにハーパーをつついた。「**これで、宿題《しゅくだい》に取《と》りかかれるよ**」

「アー」ポーがいった。世界《せかい》で一番《いちばん》悲《かな》しい海賊《かいぞく》のような声《こえ》だった。

翌朝《よくあさ》、ハーパーは目《め》を覚《さ》ますと、すぐに前《まえ》の日《ひ》の冒険《ぼうけん》のことを考《かんが》えはじめた。水中《すいちゅう》にいるときには、みんなをがっかりさせてしまった。**そのことがハーパーの頭《あたま》からはなれなかった。**

あのとき、モーガンがハーパーを見《み》たのは、なんとかしてほしかったからだ。期待《きたい》していたのだ。それなのに、ハーパーはただあわてているだけだった。**そのせいで、アッシュが自分自身《じぶんじしん》を傷《きず》つけることになってしまった。**

あんなことが二度《にど》と起《お》きないようにしないと。ハーパーは心《こころ》に決《き》めた。

そこで、あいた時間《じかん》を見《み》つけては、スマートホンでネットにつなぎ、**マインクラフトの水中環境《すいちゅうかんきょう》**について読《よ》みあさった。ほとんどがハーパーの知《し》らない情報《じょうほう》だった。

「昆布《こんぶ》はとても役《やく》に立《た》つよ」ランチのとき、ハーパーはモーガンに伝《つた》えた。「なにが役立《やくだ》つって、かわかして食《た》べられるの。いくらでもあるから、**もうお腹《なか》がすいてもだいじょうぶ！**」

「それはすごい」とモーガン。

「**それに、水中《すいちゅう》にはイルカもいる**。エサの魚《さかな》をあげれば、宝《たから》のところまで連《つ》れてってくれるかも」

「でも、もう宝《たから》の地図《ちず》はあるじゃない？」とアッシュ。

「現実世界《げんじつせかい》の話《はなし》なんだけどさ、算数《さんすう》の宿題《しゅくだい》が**まだ終《お》わってなくて**」

ポーがいった。「ハーパー、最後《さいご》の問題《もんだい》の答《こた》えはなんだった？　答《こた》えは、４２２と４２４のあいだにある整数《せいすう》だろ？」

「あっ」ハーパーの顔《かお》が熱《あつ》くなってきた。「**まだ宿題《しゅくだい》やってなかった！**」

「なんだって⁉」ポーはおどろいた。まさか、ハーパーが宿題《しゅくだい》をしていないとは。「ハーパー、提出《ていしゅつ》はきょうまでだぞ」

「わかってるって」とハーパー。**ハーパーはスマートホンをしまうと、宿題《しゅくだい》を取《と》り出《だ》した。**「これからやる。まだじゅうぶん間《ま》にあうわよ」

モーガンとポーが顔《かお》を見《み》あわせる。

「ハーパー、ひと晩《ばん》じゅうマインクラフトについて調《しら》べてたのか？宿題《しゅくだい》もしないで？」とモーガン。

「わたしはただ、このおさがりの古《ふる》いスマホの使《つか》い方《かた》をもっと知《し》ろうとしただけ。でもまあ、マインクラフトについて調《しら》べるのに少《すこ》しは時間《じかん》をかけたかも」ハーパーはくちびるをかんだ。「**つぎにそなえておきたかったのよ。それだけ**」

アッシュがなにかいおうとしたとき、**なんだかすごい音《おと》がした。**子《こ》どもたちはみんな、担任《たんにん》のミス・ミネルヴァのほうを見《み》た。ミス・ミネルヴァは物置《ものお》きのドアを押《お》していた。体重《たいじゅう》を思《おも》いきりかけて、なんとかドアを閉《し》めようとしている。でも、物置《ものお》きの中《なか》がいっぱいすぎて閉《し》まらない。

「どうしようもないわね」

そういうと、ミス・ミネルヴァはドアが開《ひら》くままにした。すると、**食堂《しょくどう》で使《つか》う色《いろ》とりどりのトレイが何十《なんじゅっ》個《こ》も、ガチャガチャ音《おと》を立《た》てて床《ゆか》に落《お》ちた。**

「だいじょうぶですか、ミス・ミネルヴァ？」アッシュ

がたずねた。

ミス・ミネルヴァは顔《かお》にかかったちりちりの髪《かみ》の毛《け》をふっと吹《ふ》きはらった。「だいじょうぶよ。ただ、この古《ふる》いトレイをしまっておく場所《ばしょ》を見《み》つけないとね。PTAが新《あたら》しいのを買《か》ってくれたから」

「どうして、捨《す》てちゃわないんですか?」とポー。

「リサイクルできないのよ。**ってことは、どこかのごみ処理場《しょりじょう》に埋《う》められるってことでしょ?** だから、トレイの使《つか》い道《みち》を見《み》つけようと思《おも》ったの。でもまずは、どこかにかたづけておかないと」

「手伝《てつだ》います」とハーパー。

「わたしたちがやります。ハーパーは宿題《しゅくだい》を終《お》わらせないと」とアッシュが言《い》った。

ハーパーはいいかえそうと思《おも》った。でも、アッシュのいうとおりだ。

しかたなく、うなずいた。「ありがとう、アッシュ」

ハーパーは昼休《ひるやす》みの残《のこ》りの時間《じかん》で宿題《しゅくだい》をかたづけた。宿題《しゅくだい》に集中《しゅうちゅう》しすぎて、理科《りか》の授業《じゅぎょう》に数分遅《すうふんおく》れたほどだ。

「あら、ハーパー」ハーパーが地下《ちか》の理科室《りかしつ》に入《はい》ると、ドクが声《こえ》をかけた。「**よかった。これで全員《ぜんいん》ペアになれる**」

ハーパーは教室《きょうしつ》を見《み》まわした。クラスの全員《ぜんいん》がペアを組《く》んでいた。モーガンはアッシュと、ジョディはポーとペアだった。

「**ハーパーは、テオとペアを組《く》んで**」とドク。

ハーパーは黙《だま》ってうなずいた。仲間《なかま》とペアを組《く》めないのはがっかり。でも、遅《おく》れたのは自分《じぶん》

のせいだ。ハーパーはテオのことをよく知《し》らなかった。だから、同《おな》じ机《つくえ》に座《すわ》るとき、笑《わら》いかけてみた。

「きょうはすごい日《ひ》だよ」とドク。「**サンゴ再生計画《さいせいけいかく》にようこそ**」

それを聞《き》いて、ハーパーは少《すこ》しワクワクした。

ドクは教室《きょうしつ》をまわりながら、**ひとりずつにサンゴの長《なが》いかけらが入《はい》ったシャーレ**をわたしていく。

「世界《せかい》じゅうで、サンゴが深刻《しんこく》な状態《じょうたい》にあります」

ドクは説明《せつめい》した。「地球温暖化《ちきゅうおんだんか》の影響《えいきょう》で、海《うみ》の温度《おんど》が上《あ》がっているせいで、海洋生物《かいようせいぶつ》にとって大《おお》きな問題《もんだい》が起《お》きているの。とくにサンゴはとても弱《よわ》いから、**サンゴ礁全体《しょうぜんたい》が死《し》にかけている**」

ハーパーは鉛筆《えんぴつ》をかんだ。前《まえ》から人間《にんげん》が環境《かんきょう》にあ

たえる影響《えいきょう》についてはずっと気《き》になっていた。絶滅《ぜつめつ》の危機《きき》にある生物《せいぶつ》について知《し》るたびに、胸《むね》が痛《いた》んだのだ。

「でも、いいニュースがあります」ドクは続《つづ》けた。「**実験《じっけん》の結果《けっか》、サンゴ礁《しょう》は復元《ふくげん》させられるとわかったの**。復元《ふくげん》はいろいろな方法《ほうほう》でおこなわれています。一番《いちばん》よくあるのは、みんなが持《も》っているようなサンゴを実験室《じっけんしつ》で新《あたら》しく育《そだ》てること。サンゴがじゅうぶん育《そだ》ったら、海《うみ》に持《も》っていきます」

ハーパーはシャーレをじっと見《み》つめた。塩水《しおみず》にひたっているサンゴのかけらがゆらゆら光《ひか》っている。

「みんなには実験《じっけん》してほしいの。それぞれ同《おな》じ種類《しゅるい》のサンゴをわたしてあるから、**自分《じぶん》たちの水槽《すいそう》にサンゴを入《い》れて、どれくらい大《おお》きくなるか、はかってください**。水槽《すいそう》の水《みず》はみんな少《すこ》しずつちがってる。温度《おんど》が高《たか》かったり、塩《しお》が多《おお》かったり、酸性《さんせい》が強《つよ》かったり。こうすれば、この種類《しゅるい》のサンゴが成長《せいちょう》するのに一番《いちばん》よい環境《かんきょう》がわかるでしょ。**じゃあ、はじめましょう！」**

「すごいや」テオはハーパーににこりと笑《わら》いかけた。「**おもしろそうだね**」

「おもしろいっていうより、わたしにはとても深刻《しんこく》な問題《もんだい》に思《おも》える」**テオの顔《かお》から笑顔《えがお》が消《き》えた。**「そうだね。とても深刻《しんこく》な問題《もんだい》だ。でも、ぼくらはそれを解決《かいけつ》するための手助《てだす》けができるかもしれないよ」

ハーパーはテオのいったことばが気《き》に入《い》った。「そのとおりね。ごめん。**おもしろくないって、いったつもりじゃなかったんだけど**」

ハーパーは前《まえ》むきになろうと心《こころ》がけた。世界《せかい》じゅうの深刻《しんこく》でおそろしい問題《もんだい》のいくつかも科学《かがく》でなら解決《かいけつ》できる。だからこそ、ハーパーは**科学《かがく》がすきなのだ。**

ときには、いろいろな問題《もんだい》が積《つ》みかさなりすぎているような気《き》がする日《ひ》もあるけど。

第《だい》7章《しょう》

ナマコの光《ひかり》で照《て》らされると、じっさいよりもよく見《み》える。

「ポーが来《こ》ないなんて信《しん》じられない」ジョディがいった。「しかも、バスケの練習《れんしゅう》だって！」

「ポーはバスケの練習《れんしゅう》が**すき**なんだよ」とモーガン。

「そうだけど、マインクラフトの世界《せかい》に行《い》くよりいいことなんてある?」

ジョディはガラスの向《む》こう側《がわ》を指《ゆび》さした。海《うみ》の中《なか》にある5人《にん》の基《き》地《ち》の向《む》こうでは、探検《たんけん》する世界《せかい》がまるごとそこで待《ま》っている。ジョディならなにを引《ひ》きかえにしても、その世界《せかい》に行《い》けるチャンスを逃《のが》さない。

ポーがいないのだから、**それほど遠《とお》くまで行《い》かないようにしよう、とみんなで決《き》めた**。その日《ひ》の終《お》わりには、基地《きち》にもどってこなければ。そうすれば、ポーが合流《ごうりゅう》したときに、みんなで同《おな》じ場所《ばしょ》からスポーンできるからだ。

とにかく材料《ざいりょう》を集《あつ》めておかないと。アッシュがそういった。**前回《ぜんかい》戦《たたか》ったあと、長《なが》い時間《じかん》ボートに乗《の》っているあいだ、5人《にん》は持《も》っていた道具《どうぐ》をたくさん使《つか》ってしまっていたのだ。**

モーガンはこのエリアを探検《たんけん》してまわりたがった。このあたりにどんな問題《もんだい》や危険《きけん》があるのか調《しら》べられるからだ。そうすれば、また目的地《もくてきち》に向《む》かって進《すす》むときに、なにが待《ま》ちうけているのかわかるだろう。

「この地図《ちず》にそって進《すす》むと、水《みず》の中《なか》のある場所《ばしょ》にたどり着《つ》くと思《おも》う」

とモーガン。「あとは泳《およ》いでいくことになりそうだ」

「そうね」とアッシュ。「でもきょうのところは、なにがあるのか見《み》てみようよ」

探検《たんけん》をはじめてみると、見《み》るものがたくさんあった。

ファントムから逃《に》げているわけではないので、目《め》の前《まえ》に広《ひろ》がる美《うつく》しい光景《こうけい》を思《おも》うぞんぶん楽《たの》しめる。**海《うみ》の生《い》き生《い》きとしたようすに、ジョディは目《め》を丸《まる》くした。**すーっと泳《およ》いでいく魚《さかな》の群《む》れからゆらゆらゆれる海藻《かいそう》まで、どこもかしこも活気《かっき》にあふれている。

イルカがそばにやってくると、ジョディはうれしくておどりだしそうになった。ジョディがイルカに興味《きょうみ》しんしんなのと同《おな》じで、イルカのほうも4人《にん》が気《き》になっているようだ。**イルカがそばにいると、いつもより少《すこ》し速《はや》く泳《およ》げることにジョディは気《き》がついた。**イルカについていこうとしたのに、しばらくすると、イルカは泳《およ》いでいって

しまった。

ポーが知《し》ったら、きっとくやしがるだろう。

4人《にん》は水中呼吸《すいちゅうこきゅう》のポーションを飲《の》んだが、ハーパーは、念《ねん》のためにといって**マグマのブロック**を持《も》ってきていた。空気《くうき》が必要《ひつよう》になったら、マグマのブロックを置《お》いて泡《あわ》の柱《はしら》をつくるためだ。

だけど、そのエリアにはマグマがたくさんあった。ぼんやりとオレンジ色《いろ》に光《ひか》っているのが遠《とお》くからでも簡単《かんたん》に見《み》つけられる。しかも、海中《かいちゅう》で光《ひか》っているのはマグマだけではない。ときどき、**緑色《みどりいろ》に光《ひか》る小《ちい》さな柱《はしら》も見《み》つかった。**

それについては、ハーパーがすでにみんなに話《はな》していた。**その小《ちい》さな柱《はしら》はナマコだ。ジョディはふしぎな生《い》き物《もの》だなと思《おも》った。**

でも、ジョディのお気《き》に入《い》りは、まちがいなくサンゴ。そこにあ

『かいていのひみつ』を読《よ》み終《お》えたキミに……
次《つぎ》に待《ま》ち受《う》ける冒険《ぼうけん》、『きかいのはんらん』のヒミツを明《あ》かそう！

ISBN978-4-297-12041-2
定価（1,280円＋税）

ポータルでつながり……ふたつの世界《せかい》がぶつかり合《あ》う！

そんなのありえない。
エヴォーカー・キングが現実《げんじつ》の世界《せかい》に
出《で》てこられるなんて！　正体《しょうたい》を探《さぐ》るべく、手《て》がかりを
集《あつ》めていたジョディは、思《おも》わぬ答《こた》えにたどりつく。
えっ！　仲間《なかま》のだれかが
エヴォーカー・キングってこと!?

るのは、ドクの授業《じゅぎょう》で見《み》たような、こわれやすい小《ちい》さなかけらじゃない。まるで大《おお》きな木《き》の枝《えだ》のような色《いろ》とりどりのサンゴだ。**ジョディはサンゴを見《み》つけるたびに、それをひろいあげた。**かざりつけ以外《いがい》にもぜったいに使《つか》い道《みち》があるはずだと思《おも》いながら。

しばらくして、モーガンはみんなに引《ひ》きかえすよう合図《あいず》を送《おく》った。

泳《およ》いで帰《かえ》りながら、ジョディはポーに**伝《つた》えなきゃいけないことをすべて、頭《あたま》のなかにリストアップした。**海《うみ》の中《なか》にある5人《にん》の水中基地《すいちゅうきち》が見《み》えてくると、そこにだれかが立《た》っていた。ジョディはおどろいた。きっとポーだ。バスケの練習《れんしゅう》をと

ちゅうで抜《ぬ》けてきたんだ。

ところが、基地《きち》に着《つ》くと、中《なか》にはだれもいなかった。

「ぜったいにおかしい」みんなが無事《ぶじ》に中《なか》に入《はい》ると、ジョディはいった。「ガラスごしに、だれかいたのが見《み》えたのに」

モーガンは肩《かた》をすくめた。**「光《ひかり》のせいでそう見《み》えたんだよ」**

「ううん、ジョディのいうとおりだよ」チームの宝箱《たからばこ》のふたを開《あ》けて、アッシュがいった。「だれかがここにいたみたい」

「どうしてそう思《おも》うの?」とハーパー。

「出《で》ていく前《まえ》に、**ここにいくつかしまっておいたの。**持《も》ち物《もの》のスロットをあけておきたかったから」

モーガンが宝箱《たからばこ》のところにやってきた。「また、だれかに盗《ぬす》まれたの?」

アッシュは首《くび》を振《ふ》った。「その反対《はんたい》。だれかがここに道具《どうぐ》を置《お》いていったのよ。**水中呼吸《すいちゅうこきゅう》のポーションがふえてるし**、甲羅《こうら》のかけらもある」

モーガンは口《くち》をあんぐりと開《あ》けた。

「甲羅《こうら》のかけらって？」とジョディ。

アッシュは丸《まる》みのある小《ちい》さな緑色《みどりいろ》のかけらを見《み》せた。「カメの赤《あか》ちゃんが大《おお》きくなるときに落《お》としていく材料《ざいりょう》。特別《とくべつ》なヘルメットをつくるのに使《つか》うの」

「水中《すいちゅう》でも呼吸《こきゅう》できるようになるヘルメットだよ」とモーガン。

「こういうのも、不具合《ふぐあい》なのかもね」とジョディ。

「あるいは、わたしたちに協力《きょうりょく》したがっているだれかが、この世界《せかい》にいるとか」とハーパー。

「そうだとしたら、どうしてコソコソする必要《ひつよう》があるんだ?」そういって、モーガンは首《くび》を振《ふ》った。「**悪《わる》いけど、ぼくはまだ、だれかがぼくらをわなにかけようとしてるんじゃないかって思《おも》ってるんだ**」

ジョディが口《くち》を開《ひら》いた。「気《き》を悪《わる》くしないでほしいけど、それについては、お兄《にい》ちゃんがまちがってるといいなって思《おも》う」

モーガンはガラスの外《そと》をじっと見《み》つめた。「ぼくもそう思《おも》うよ」

第《だい》８章《しょう》

実験《じっけん》は成功《せいこう》！
ハーパーの気《き》まずい時間《じかん》。

月曜《げつよう》には、ハーパーとテオのサンゴはすでに大《おお》きくなっていた。

「**信《しん》じられない！**」ハーパーは記録《きろく》を念入《ねんい》りにチェックしていった。「この調子《ちょうし》で大《おお》きくなっていったら、２、３週間《しゅうかん》で海《うみ》にうつせるようになるわ」

生徒《せいと》たちはひとかけらのサンゴをもらったが、ドクはそのサンゴをもっと小《ちい》さなかけらにするようにといった。ドクいわく、**サンゴは小《ちい》さくしたほうが成長《せいちょう》が早《はや》くなるのだ。**

数《すう》ミリしか大《おお》きくなっていないかけらもあれば、数《すう》センチ大《おお》きくなったものもあった。でも、どのサンゴも成長《せいちょう》していた。

テオはクラスのみんなの水槽《すいそう》を見《み》まわした。「**まちがいなくぼくらのサンゴが一番大《いちばんおお》きくなってる**」テオは照《て》れくさそうに笑《わら》った。「競争《きょうそう》ってわけじゃないけどね」

「そうね」ハーパーはテオに笑《わら》いかえした。「**でも、すごくいい感《かん》じよね**」

ハーパーはとなりの水槽《すいそう》をこっそりのぞいた。テオのいうとおり。だれもハーパーたちほどはうまくいっていない。ハーパーは正確《せいかく》な水《みず》の温度《おんど》をたしかめながら書《か》きいれた。それから、pHの数値《すうち》と塩分《えんぶん》濃度《のうど》も記録《きろく》した。もしハーパーたちのサンゴがこの調子《ちょうし》で成長《せいちょう》していったら、**世界《せかい》じゅうの科学者《かがくしゃ》にとって、こういう数値《すうち》が大《おお》きな意《い》味《み》を持《も》つにちがいない**。

「ねえ、きょうの放課後《ほうかご》、マインクラフトやるの?」テオがいった。

「えっ、どうして?」ハーパーはこわばった顔《かお》できく。

テオは肩《かた》をすくめた。「きみたち、**放課後《ほうかご》にパソコン室《しつ》で**やってるんでしょ？　先週《せんしゅう》、きみが毎日《まいにち》、放課後《ほうかご》になるとパソコン室《しつ》へ入《はい》っていくのを見《み》たよ。ぼくのロッカーはパソコン室《しつ》のすぐ近《ちか》くだからね」

「ああ、うん、そうね。マインクラフトとかやってるかなあ」

「**ぼくもやってて**、オンライン上《じょう》に自分《じぶん》で建《た》てたものもあるんだ。

pH

pHとは、水溶液《すいようえき》の性質《せいしつ》を表《あらわ》す単位《たんい》のひとつ。数値《すうち》が低《ひく》いほど酸性《さん》《せい》で、高《たか》いほどアルカリ性《せい》。pHが7で中性《ちゅうせい》。

きみも見《み》てみてよ」

「ええ。見《み》てみるわ、ぜったい！」

そのあと、ぎこちない沈黙《ちんもく》が流《なが》れた。ハーパーは、テオが誘《さそ》われるのを待《ま》っていることに気《き》がついていた。でも、5人《にん》のなかに新《あたら》しい仲間《なかま》を連《つ》れていけるわけがない。ひとつには、もうゴーグルがないから。もうひとつは、あのヴァーチャルな世界《せかい》はほんとうに危《あぶ》ないから。このあいだクリーパーが爆発《ばくはつ》したときに、ハーパーはそう感《かん》じた。**そんな危《あぶ》ないところにだれかを連《つ》れていけるはずがない。**

「あっ！　すっかり忘《わす》れてた」とハーパー。「きょうは、わたしがスイートチークス男爵《だんしゃく》に水《みず》をあげるんだった」

ほんとうはハーパーの当番《とうばん》なんかじゃなかった。だけど、沈黙《ちんもく》が長《なが》くなればなるほど、どんどん気《き》まずくなったのだ。それに、スイートチークス男爵《だんしゃく》だって、新《あたら》しい水《みず》をもらえるのはいつでもうれしい

だろう。

ハーパーは水《みず》やりに時間《じかん》をかけた。チャイムが鳴《な》り、生徒《せいと》たちが教室《きょうしつ》からぞろぞろと出《で》ていきはじめても、

ハーパーはまだハムスターのケージのところにいた。

テーブルにもどると、**テオの姿《すがた》はなかった。**

ハーパーはもうしわけなく思《おも》った。相手《あいて》がだれであれ、かくしごとなんかしたくない。でも、5人《にん》の特別《とくべつ》なチームに新《あたら》しくだれかを入《い》れるとしたら、みんなで話《はな》しあわなきゃいけないし。

ノートをリュックにしまいながら、ハーパー

はなにかがおかしい気《き》がした。**ハーパーの水槽《すいそう》からサンゴのかけらがひとつなくなっているように思《おも》えたのだ。そんなこと、ありえない。**でも、日誌《にっし》をみないと確認《かくにん》できない。きょうは、テオが日誌《にっし》を持《も》っている。明日《あした》、さっそく調《しら》べてみよう。

第《だい》9章《しょう》

レフェリーはどこ？ そんなファッション、ファウルだ！

ポーはますます、バスケに熱中《ねっちゅう》するようになっていた。

ポーが入《はい》っている混合《こんごう》チームでは、練習《れんしゅう》でも試合《しあい》でも、ふだんは車《くるま》いすを使《つか》わない人《ひと》も、チーム全員《ぜんいん》が車《くるま》いすに乗《の》ってプレイをする。ウッズワード校《こう》は、州内《しゅうない》で混合《こんごう》チームのある学校《がっこう》のひとつだ。週末《しゅうまつ》には、ポーは近《ちか》くの街《まち》まで試合《しあい》に出《で》かける。

ポーは、チームメイトといっしょにいるのがすきだった。**実《じつ》をいうと、ポーはチームのエースなのだ**。ポーにはバスケ以外《いがい》のことをする時間《じかん》はあまりなかった。ポーは学校《がっこう》で遊《あそ》んだり、学級委員長《がっきゅういいんちょう》に

立候補《りっこうほ》したりして、バスケをする時間《じかん》が少《すく》なくなったら、チームメイトをがっかりさせやしないかと気《き》にしていた。

シュパッ！

ポーがまた、スリーポイントシュートを決《き》めた。みんなが歓声《かんせい》をあげる。ポーはバスケをしているときだけは心配《しんぱい》ごとを忘《わす》れることができた。自分《じぶん》がいまここにいられることがうれしくてしかたない。

数分後《すうふんご》、練習《れんしゅう》が終《お》わった。**時計《とけい》を見《み》ると、またしてもマインクラフトに参加《さんか》するには遅《おそ》すぎた。**パソコン

室《しつ》に着《つ》くころには、みんなもう終《お》わってるだろう。でも急《いそ》いでいけば、きょうあったことの話《はなし》ぐらいは聞《き》けるかもしれない。

ポーはチームメイトのリッキーのほうを見《み》た。そのとたん、リッキーのつけているネックレスの**色《いろ》が目《め》に入《はい》った**。

アクセサリーをつけているのは、たいしてめずらしいことじゃない。試合《しあい》でつけるのは禁止《きんし》されているけれど、練習中《れんしゅうちゅう》はそれほどきびしくないからだ。

ポーは、そのネックレスに見《み》おぼえがあった。アクセサリーケースの中《なか》ではなく……水槽《すいそう》の中《なか》で。

「ねえ、リッキー」ポーは声《こえ》をかけた。「そのネックレス、どこで手《て》

に入《い》れたの？」

　リッキーはにこりとした。

「気《き》に入《い》ったかい？」

「ああ」そういいながらも、ポーはだんだんいやな予感《よかん》がした。「**でも……それってサンゴだろう？**」

「そうさ」とリッキー。「ぼくはプエルト・リコ出身《しゅっしん》だから、**これはふるさとのひとかけらって感《かん》じだね。**算《さん》数《すう》のクラスがいっしょの子《こ》から買《か》ったんだ」

ポーはしぶい顔《かお》をした。はっきりとはわからなかったけれど、ドクの実験《じっけん》で使《つか》われているサンゴのかけらそっくりだ。

つまり、理科《りか》の実験《じっけん》で使《つか》っているサンゴを売《う》ったってこと？

ポーは売《う》った子《こ》の名前《なまえ》をききたかった。けれども、そこにチームメイトが何人《なんにん》かやってきた。みんなはリッキーのネックレスをほめた。

「似《に》あってるよ、リッキー」

「おれのほうが似《に》あうぜ！」

「みんなもつけてみなよ」とリッキー。「チームで買《か》えば、割引《わりびき》してもらえるかも」

ポーは気分《きぶん》が悪《わる》くなった。**海《うみ》の中《なか》からサンゴを取《と》ってきて、アクセサリーにするなんて、環境《かんきょう》にいいはずがないじゃないか。**ポーはそういおうとした。

でもポーの声《こえ》は、もり上《あ》がるチームメイトの声《こえ》にかき消《け》されてしまった。

第《だい》10章《しょう》

水《みず》の中《なか》で、追《お》いつめられて、攻撃《こうげき》される！

つぎの日《ひ》、ポーがマインクラフトの世界《せかい》にもどってくると、ようやく地図《ちず》にある目的地《もくてきち》に向《む》かう準備《じゅんび》が整《ととの》った。

「やっとだね」ジョディがいった。「もう待《ま》ちくたびれちゃった！」

「なにがあるのかなあ」とハーパー。

「きっと、ものすごいお宝《たから》の入《はい》ったチェストがあるぞ」とポー。

「エヴォーカー・キングがぼくらをやっつけようと待《ま》ってるかも」

モーガンが小声《こごえ》でいった。

４人《にん》がモーガンを見《み》つめる。

「なんだよ？　ぼくはただ、みんなに覚悟《かくご》してほしいと思《おも》っただけだよ！」

「覚悟《かくご》してるよ」とポー。**「さ、いい子《こ》だからポーションをお飲《の》み」**


モーガンはあまり不安《ふあん》がらないことにした。たとえ、わなに向《む》かっているとしても仲間《なかま》を信頼《しんらい》している。それだけじゃなく、**モーガンは海《うみ》の中《なか》を楽《たの》しみたかった。**海《うみ》の中《なか》はまるでほかの星《ほし》にいるようだ。たえずうつり変《か》わっていく、色《いろ》あざやかで美《うつく》しい星《ほし》。

５人《にん》はつぎからつぎに魚《さかな》の群《む》れの中《なか》を抜《ぬ》けていった。イカが５人《にん》の前《まえ》を横切《よこぎ》っていく。**４本足《ほんあし》のおかしな生《い》き物《もの》**になど興味《きょうみ》ないよう

だ。

こんな遠《とお》くまできたのははじめてだ。ジョディはサンゴのブロックを見《み》つけた。アッシュは昆布《こんぶ》を集《あつ》めておいた。あとで、かまどを使《つか》ってかわかそう。

いきなり、海底《かいてい》が遠《とお》ざかった。**海《うみ》が深《ふか》くなったのだ**。そして、5人《にん》が見下《みお》ろす先《さき》には、見《み》たこともないような巨大《きょだい》な建物《たてもの》があった。

でも、モーガンはこういう建物《たてもの》について読《よ》んだことがあったので、ひと目《め》で海底遺跡《かいていいせき》だとわかった。**海底遺跡《かいていいせき》は巨大《きょだい》で、どこも光《ひか》る緑色《みどりいろ》の石《いし》でできている**。こんなの見《み》たことがない。美《うつく》しくてりっぱな建物《たてもの》だ。

モーガンは地図《ちず》をとり出《だ》した。**X**のしるしは、まさにその遺跡《いせき》のまん中《なか》を指《さ》している。

遺跡《いせき》と同《おな》じ緑色《みどりいろ》の石《いし》でできた、もっと小《ちい》さなものも近《ちか》くにある。正方形《せいほうけい》をしているけれど、ところどころにあながあいていて、中心《ちゅうしん》部分《ぶぶん》が見《み》える。そこでは**エネルギーの入《はい》ったボールがちかちか光《ひか》っている**。

コンジットだ。水中《すいちゅう》で使《つか》

えて、いろいろな効果《こうか》のあるめずらしいアイテム。コンジットのまわりではふつうに呼吸《こきゅう》ができるようになることを、モーガンは知《し》っていた。**つまり、コンジットが近《ちか》くにあれば、ポーションを飲《の》んだり、泡《あわ》の柱《はしら》を探《さが》したりしなくてもいい。**

遺跡《いせき》とちがって、コンジットは自然《しぜん》にできるわけではない。モーガンはそれも知《し》っていた。

だれかがつくったってことだ。

どうしてだろう？　そう考《かんが》える間《ま》もなく、モーガンはなにかがさっと動《うご》いたのを目《め》のはしでとらえた。イルカならいいのに。モーガンはあたりを回《まわ》ってみた。

でも、イルカじゃなかった。

向《む》かってきたのは、ガーディアンというおそろしい魚《さかな》のような生《い》き物《もの》だ。**緑《みどり》がかった灰色《はいいろ》の大《おお》きな体《からだ》には、ぎらりとしたオレンジ色《いろ》**

の針《はり》がいっぱいついている。ひとつしかない目《め》は赤《あか》く、オレンジ色《いろ》の針《はり》もいかにも危険《きけん》そうだ。尾《お》っぽをひと振《ふ》りしたガーディアンは、モーガンのすぐ上《うえ》にやってきた。

モーガンは剣《けん》を振《ふ》った。**水《みず》の中《なか》では動《うご》きがにぶい**。それでも、モーガンの剣《けん》が相手《あいて》に届《とど》いた。でもすぐに、当《あ》たらないほうがよかったと思《おも》った。攻撃《こうげき》したとたんに、針《はり》で反撃《はんげき》されたからだ。

ガーディアンはモーガンの攻撃《こうげき》が届《とど》かないところまで、さっとはなれる。**目《め》がめらめらと燃《も》えあがっている**。モーガンにはそれがなにかわかった。

レーザーだ!

モーガンは、ぎりぎりのところでレーザーをよけた。こいつ、本《ほん》気《き》だぞ。

それから、ガーディアンに向《む》かっていき、**剣《けん》をかかげた**。また針《はり》でやられるかもしれない。それでも、ほかにガーディアンを追《お》いはらう方法《ほうほう》なんてない。

いや、ほかにも方法《ほうほう》がある？

ガーディアンにたどり着《つ》く前《まえ》に、アッシュがモーガンのところにやってきたのだ。アッシュは必死《ひっし》になって、下《した》のほうを見《み》るように身《み》ぶりで伝《つた》えた。モーガンはべつの敵《てき》が下《した》にあらわれたのかとびっくりした。**でも、おそれるようなものはなにもなかった**。仲間《なかま》の3人《にん》がコンジットに集《あつ》まっているだけだ。

コンジット！ アッシュ、そういうことか！

モーガンは、コンジットのべつの効果《こうか》を思《おも》いだした。水中《すいちゅう》で呼吸《こきゅう》ができるようになるだけじゃなく、**コンジットは近《ちか》づいた敵《てき》モブにダメージを与《あた》えてくれるのだ**。

腹《はら》を立《た》てているガーディアンが自分《じぶん》たちを追《お》ってきてくれれば。モーガンはその作戦《さくせん》に望《のぞ》みをたくすことにした。

ガーディアンの目《め》がまた赤《あか》く光《ひか》った。**アッシュは危《あぶ》ないとばかりにモーガンを思《おも》い切《き》り押《お》した**。おかげで、レーザービームはモーガンには当《あ》たらなかった。

アッシュは急《いそ》いでコンジットのほうに泳《およ》いでいった。モーガンもすぐうしろをついていく。仲間《なかま》のうろたえた表情《ひょうじょう》から、モーガンには、ガーディアンがすぐそこまでせまっているのがわかった。

コンジットの近《ちか》くまでくると、**モーガンは思《おも》いきってうしろをちらりと見《み》た**。ガーディアンはいない。どこかにいってしまったのだろうか？

前《まえ》を向《む》こうとすると、モーガンはアッシュにぶつかった。アッシュが止《と》まっていたからだ。どうして止《と》まっているんだ……。

アッシュの目《め》の前《まえ》にガーディアンがいる！　ガーディアンはふたりの先回《さきまわ》りができるほど速《はや》いのだ。いまコンジットに向《む》かう行《ゆ》く手《て》に立《た》ちはだかっている。

ガーディアンの目《め》がまた光《ひか》りだした。すぐに、モーガンは攻撃《こうげき》にそなえた。

しかしそのとき、ガーディアンの体《からだ》も赤《あか》く光《ひか》った。

1回《かい》、2回《かい》、3回《かい》。

ガーディアンはダメージを受《う》けていた。

ガーディアンはコンジットに近《ちか》づきすぎてしまい、逃《に》げるのに間《ま》にあわなかったのだ。やがて、ガーディアンはやられてしまった。

残《のこ》された暗海晶《あんかいしょう》のかけらだけが、くるくると水中《すいちゅう》に浮《う》かんでいる。

暗海晶《あんかいしょう》のかけらこそが海底遺跡《かいていいせき》の材料《ざいりょう》なのだとモーガンはわかった。

モーガンはみんなと顔《かお》を見《み》あわせた。みんな無事《ぶじ》みたいだが、ガタガタとふるえている。**こんな敵《てき》におそわれるなんて考《かんが》えてもみなかった。**

アッシュがコンジットのそばにブロックを置《お》きはじめた。アッシュのねらいははっきりしている。べつの安全《あんぜん》な場所《ばしょ》をつくろうというのだ。そうすれば、モーガンも回復《かいふく》できるし、遺跡《いせき》に入《はい》る前《まえ》にみんなが休《やす》める。

モーガンはそんなことをしたらまた遅《おく》れてしまうと、少《すこ》しいらついたけれど、結局《けっきょく》はアッシュの案《あん》にしたがった。

遺跡《いせき》の中《なか》にはもっとたくさんのガーディアンがいるだろう。それに、モーガンも、**1日《にち》に1回《かい》ボスモブと戦《たたか》うだけでじゅうぶんだった。**

それだけじゃない。いまごろ現実《げんじつ》の世界《せかい》もかなり遅《おそ》い時間《じかん》になっているはずだ。モーガンは、サンゴ再生計画《さいせいけいかく》に興味《きょうみ》しんしんだった。

家《いえ》に帰《かえ》る前《まえ》に、自分《じぶん》のサンゴをもう一度《いちど》チェックしなければ。

第《だい》11章《しょう》
サンゴの流行《りゅうこう》。友情《ゆうじょう》の終《お》わり。

現実《げんじつ》の世界《せかい》にもどってきたハーパーは、ポーのチームメイトがサンゴのネックレスをつけている話《はなし》を聞《き》いて、**いすからころげ落《お》ちそうになった。**

その話《はなし》のとき、ハーパーはいつもの席《せき》でみんなとランチを食《た》べていた。その日《ひ》の放課後《ほうかご》に海底遺跡《かいていいせき》を探検《たんけん》する計画《けいかく》を話《はな》しあっていたのだ。**モーガンは、遺跡《いせき》の中《なか》にはもっとたくさんガーディアンのような魚《さかな》がいると説明《せつめい》した。**

「**大変《たいへん》な戦《たたか》いになるぞ。**でも、今回《こんかい》は準備《じゅんび》をするから、最後《さいご》にはちゃんともどってこられるさ」

「うーん」ジョディがいった。「集《あつ》めておいたサンゴブロックの使《つか》い道《みち》が見《み》つからなかった」

「とにかく、持《も》ってくればいいじゃない」とハーパー。

「でも、**モーガンにいわれたのよ**。サンゴブロックを水《みず》から出《だ》して使《つか》ったら、カラカラになって、色《いろ》あせちゃうんだって」ジョディは肩《かた》をすくめた。「サンゴは海《うみ》の中《なか》のものなのね」

ポーがおでこをパンとたたいた。「それで思《おも》いだした。このあいだ、リッキーがなにをつけてたと思《おも》う？　みんな信《しん》じられないだろうな」

ポーの話《はなし》を聞《き》いたハーパーは、まるで信《しん》じられなかった。

「そんなのひどい！　サンゴはファッションじゃなくて、生《い》きものなのよ！　ドクの実験《じっけん》でだいじなのは……**ああ、もう**」そのとき、おそろしい考《かんが》えがハーパーの頭《あたま》に浮《う》かんだ。ハーパーの水槽《すいそう》のサンゴがひとつなくなっているような気《き》がしていたのもそのせいかもしれない。

「ポー。リッキーはどこでそのサンゴのネックレスを手《て》に入《い》れたの?」とハーパー。

「知《し》らないよ。生徒《せいと》から買《か》ったっていってたけど。でも、ハーパー……**ぼくらの実験《じっけん》で使《つか》ってるサンゴのような気《き》がするんだ**」

ハーパーがおそれていたことをポーも考《かんが》えていたようだ。「わたしの水槽《すいそう》から取《と》られたんだと思《おも》う。だれかがわたしたちの実験《じっけん》を台《だい》なしにしようとしてるのよ。テオに気《き》をつけるようにいってくる」

ハーパーは立《た》ち上《あ》がった。食《た》べかけのサンドイッチをそのまま机《つくえ》に置《お》いて。食堂《しょくどう》を見《み》わたすと、向《む》こう側《がわ》にテオがいた。

ハーパーはそっちに歩《ある》いていく。ところが、数歩《すうほ》も行《い》かないうちに、**あるものに目《め》をうばわれた。**

クラスメートのリサが、サンゴのネックレスをつけているのだ。

リサのとなりにいるジャックは、サンゴの指輪《ゆびわ》を見《み》せびらかしている。

アナの黄色《きいろ》いヘッドバンドには、サンゴのかけらの飾《かざ》りがついている。

サンゴはどれもちがう形《かたち》と色《いろ》をしているところを見《み》ると、ハーパーの水槽《すいそう》から取《と》られたんじゃなさそうだ。でも、

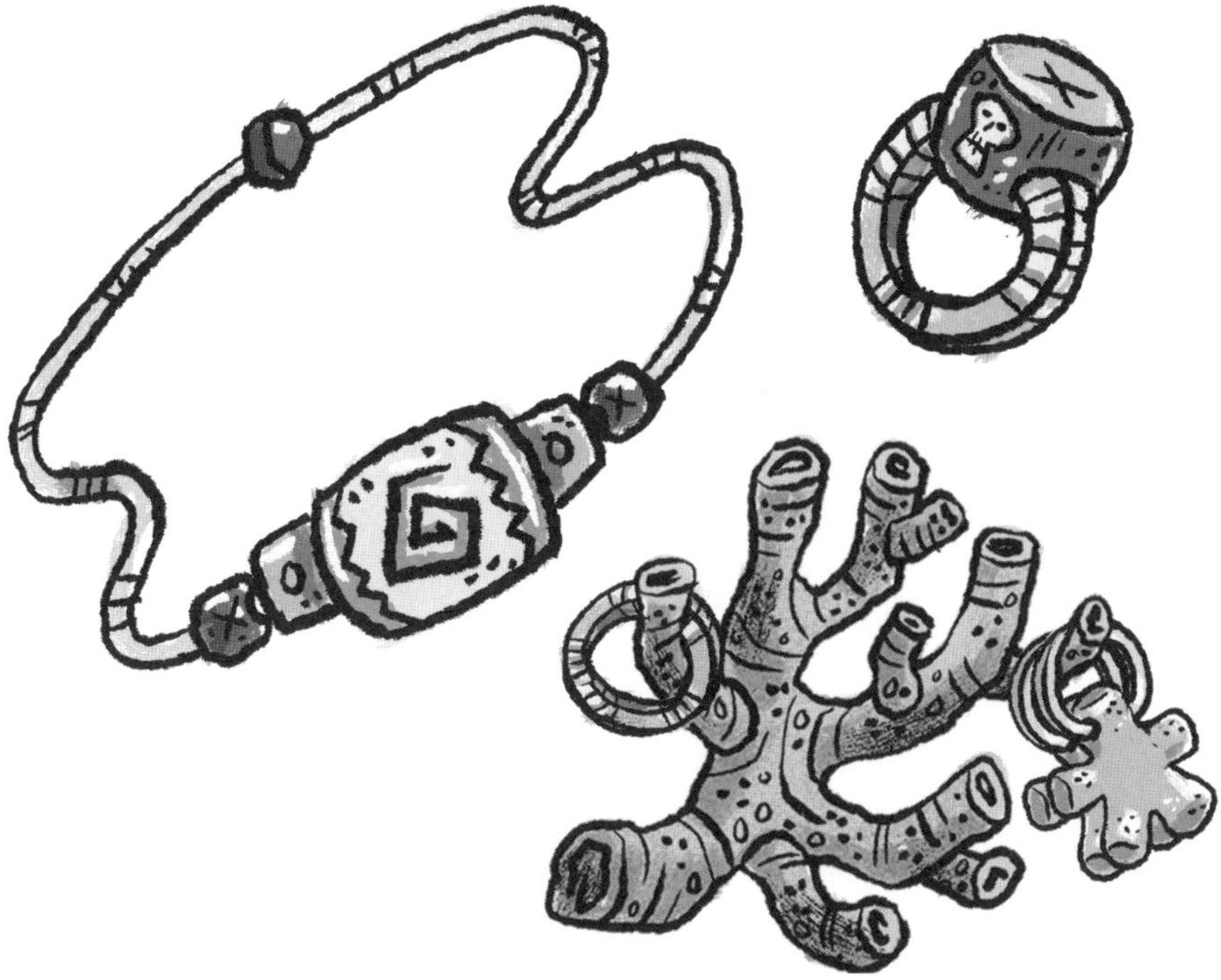

そんなこと、なんのなぐさめにもならない。
「みんな、なにをつけてるの？」ハーパーは大《おお》きな声《こえ》でいった。「サンゴのイヤリング？」
「**これが一番《いちばん》かっこいいだろ？**」ジャコという少年《しょうねん》がいった。「親《おや》にたのんで買《か》ってもらったんだ。ほら、見《み》てみなよ」ジャコはスマートホンを見《み》せた。**サンゴのアクセサリーを売《う》っている**

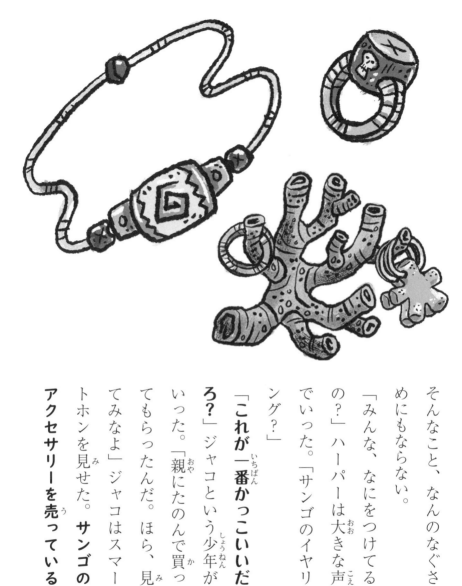

ウェブサイトの画面《がめん》だ。

ハーパーの気分《きぶん》はしずみこんだ。「オンラインでサンゴのアクセサリーが買《か》えるの？」

「そうよ。いままではダイバーは真珠《しんじゅ》を探《さが》してたんだけど。真珠《しんじゅ》なんてもうダサいし。**つぎの流行《りゅうこう》はサンゴでしょ**」

アナが言《い》った。

「そんなのひどい」ハーパーは説明《せつめい》をした。「サンゴ礁《しょう》は、地球《ちきゅう》の生態系《せいたいけい》のだいじな場所《ばしょ》

なの！　あなたたちが身《み》につけてるのは、顕微鏡《けんびきょう》で見《み》ないとわからないけど、海洋動物《かいようどうぶつ》の骨《ほね》なのよ」

「ワオ！　それってかっこいい！」そういうと、ジャックはなれなれしい調子《ちょうし》でつづけた。「いいこというじゃん」

「そうじゃない！」ハーパーがいう。**「サンゴ礁《しょう》は、何千《なんぜん》という植物《しょくぶつ》や動物《どうぶつ》の生息地《せいそくち》、住《す》む場所《ばしょ》よ。**もしかしたら、何百万《なんびゃくまん》かもしれない！　あなたたちのせいで、そういう生物《せいぶつ》がすべて危険《きけん》にさらされているの」

「えっと、うん、でもさ……」リサがネックレスをいじりながらいった。「このサンゴはもう死《し》んでるんだよ。だから、もうどうしようもなくない？」

「それに、サンゴが売《う》られてるなら、買《か》ってもよくない？」とジャコ。

ハーパーはがっくりとうなだれて首《くび》を振《ふ》った。まったくわかっちゃ

いない。

ハーパーは向《む》こうにいるテオのところへ急《いそ》いだ。「テオ、信《しん》じられないことが起《お》きてるの！　**わたしたちの水槽《すいそう》からサンゴが取《と》られたわ**。それに、たくさんの生《せい》徒《と》がアクセサリーみたいにサンゴを身《み》につけてる」

テオはパッと笑顔《えがお》になった。「すごい。**ぼくの計画《けいかく》どおりだ！**」

ハーパーの顔《かお》がくもる。「計画《けいかく》って？　どんな計画《けいかく》？」

「サンゴのアクセサリーはぼくのアイデアなんだ。ぼくらの水槽《すいそう》からサンゴをひとかけら借《か》りて、バスケ部《ぶ》の子《こ》に売《う》ったんだよ。その子《こ》は影響力《えいきょうりょく》があるからね。**はやればいいなって思《おも》ったんだ。**でも、こんなにすぐにうまくいくなんて思《おも》ってなかったよ！」

ハーパーはショックを受《う》けた。「**いったい、どうしてそんなことを？**」

テオは少《すこ》しまじめな顔《かお》になった。「ぼく……きみがサンゴ礁《しょう》に起《お》きていることをほんとうに心配《しんぱい》してるってわかったんだ。でも、ほとんどの人《ひと》はそんなこと知《し》りもしない。**それで思《おも》ったんだ。サンゴがどれほど美《うつく》しいか気《き》づいてもらえたら、みんなサンゴ礁《しょう》を守《まも》りたくなるんじゃないかって**」

「でもいまではみんな、状況《じょうきょう》をどんどん悪《わる》くするようなビジネスに手《て》を貸《か》してるのよ！」

「どういうこと？」テオがたずねた。

「**ダイバーが海《うみ》に入《はい》って、サンゴをたくさん取《と》ってくる。**ダイバーが気《き》づいてるのかどうかはわからないけど、そのせいで、サンゴ礁《しょう》が……あらゆる環境《かんきょう》が傷《きず》つけられていく。それに、サンゴのアクセサリーがはやればはやるほど、ダイバーたちはもっとサンゴを取《と》って、**どんどん環境《かんきょう》がそこなわれるのよ！**」

テオの笑顔《えがお》が消《き》えさった。「そんなつもりじゃなかったんだ。**ぼくはただ、サンゴが危機《きき》におちいっているってみんなに知《し》ってもらいたかっただけで**」テオは両手《りょうて》で頭《あたま》をかかえた。「ぼくらで解決《かいけつ》できるかな？」

ハーパーは首《くび》を振《ふ》った。「**無理《むり》だと思《おも》う。解決《かいけつ》するには大《おお》きすぎる問題《もんだい》だもの**」

第《だい》12章《しょう》

びっくりするほど、りっぱな遺跡《いせき》！
そこにいたのは……ゾンビ・ピッグマン？

海底遺跡《かいていいせき》に足《あし》をふみ入《い》れると、すぐに**ジョディは剣《けん》をかまえた。**モーガンからもっとたくさんガーディアンがいるだろうといわれていたので、**そなえておきたかったのだ。**

しかし、5人《にん》がそこで見《み》たものに、ジョディはまったく準備《じゅんび》ができてなかった。そこには予想《よそう》もしていなかった光景《こうけい》が待《ま》っていた。

というのも、遺跡《いせき》の中《なか》には、光《ひか》る剣《けん》を持《も》った**人間《にんげん》そっくりの豚《ぶた》のゾンビ**がうようよしていたからだ。

「あいつら、なんなの？」ジョディが小声《こごえ》でたずねると、もっとよく見《み》ようと、曲《ま》がり角《かど》からこっそりのぞいた。

「**ゾンビ・ピッグマンだよ**」モーガンがまじめに答《こた》えた。

ポーがクスクス笑《わら》った。「ごめん。モーガンがすごくまじめにいうから。あいつらヘンテコだよな」

いつもなら、ジョディとポーの笑《わら》いのツボは同《おな》じだ。**ところが、ジョディはピッグマンを笑《わら》う気《き》にならなかった。**ゾンビ・ピッグマンは、豚《ぶた》のように見《み》えるけれど２本足《ほんあし》で歩《ある》く。それだけでもぞっとするのに、くさりかけのゾンビだ。肉《にく》がはがれたところから白《しろ》い骨《ほね》がのぞいていて、**気持《きも》ち悪《わる》い。**

ジョディはブルブルふるえていた。「あいつらぜんぶと戦《たたか》うなんてぜったいにいや」

「ありがたいことに、その必要《ひつよう》はないみたい」とアッシュ。「ゾンビ・ピッグマンは敵《てき》モブじゃないから」

「剣《けん》を持《も》ってる人《ひと》だか豚《ぶた》だかわからないゾンビが敵《てき》モブじゃないっていうの？　ほんとに？」ジョディはたずねた。

「ほんとうさ。見《み》てみなよ」そういうと、モーガンは曲《ま》がり角《かど》から1歩《ぽ》ふみだした。部屋《へや》いっぱいにいるピッグマンの目《め》につくところにモーガンがいるのに、なんの反応《はんのう》もないのだ。

「それはよかった」そういうと、アッシュはピッグマンの中《なか》にいるモーガンのところまで行《い》った。「**でも、おかしいよね。ゾンビ・ピッグマンは、ふつうネザーにしかスポーンしないのに**。ピッグマンがここにいるってことは、だれかがこのゲームに加《くわ》わってかきまわしてる証拠《しょうこ》だよ。だれかがわたしたちにちょっかいをだしてる」

「ネザーってなに？」とジョディ。

「**おそろしいところだよ**」とモーガン。「**ここことはべつの次元《じげん》なんだ。だいたいどこも炎《ほのお》に包《つつ》まれてる**」

「そこに行《い》くのはよそう」ポーがいかにも深刻《しんこく》そうにいった。

5人《にん》はとなりの部屋《へや》に入《はい》った。遺跡《いせき》は巨大《きょだい》で、天井《てんじょう》も柱《はしら》も高《たか》い。なにもかもぶきみな緑色《みどりいろ》をしている。ピッグマン以外《いがい》にはだれもいないようだ。

「**ようすがおかしい**」モーガンがいった。「ここは本来《ほんらい》は水《みず》がいっぱいで、きのう戦《たたか》ったようなガーディアンがいるはずなんだ」

「あそこを見《み》て。暗海晶《あんかいしょう》があるわ」

アッシュが指《ゆび》さす先《さき》をジョディは見《み》た。たしかに、緑色《みどりいろ》のかけらがある。

「**ガーディアンがやられたあとに落《お》としていったのと同《おな》じ材料《ざいりょう》よ**」とアッシュ。「ということは、ここにガーディアンがいたってこと？」

だれかがもうやっつけたの？」

「マジかよ」ポーがいった。「**だれかに先《さき》を越《こ》されたのか？**」

「そうかもしれない。もし地図《ちず》に書《か》かれた目的地《もくてきち》にほんとうに宝《たから》があったならね」とモーガン。「とにかく調《しら》べてみよう」

ジョディはモーガンを先《さき》に行《い》かせて、**うしろのほうをハーパーと歩《ある》いた。**「だいじょうぶ、ハーパー？　ずいぶんと静《しず》かだけど」

「だいじょうぶ。ちょっと考《かんが》えごとをしてただけ」

ジョディが立《た》ち止《ど》まったので、ハーパーも止《と》まらなければならなかった。「**まただ**」

ハーパーはきょとんとした。「またって、なにが？」

「なにか心配《しんぱい》してるんでしょ。それに、助《たす》けを求《もと》めたり、わたしたちに話《はな》したりするかわりに、ひとりで背負《せお》いこもうとしてる。**でもね、ハーパー、なにもかも自分《じぶん》で解決《かいけつ》しなくてもいいの。ひとりじゃないんだから**」

ハーパーは、ふうっと息《いき》を吐《は》いた。「きっと、そのとおりね。わた

しはただ、サンゴのアクセサリーのことを考《かんが》えてたの。テオがはやらせたことで、環境《かんきょう》がひどく傷《きず》つけられるのが残念《ざんねん》で」

「うーん、わたしたちになにかできるかもしれない」

「どんなことが?」ハーパーはいった。「1日《にち》じゅうどうにかできないかって考《かんが》えてたんだけど、流行《りゅうこう》を止《と》めるなんてできっこない」

「でも、いつだって流行《りゅうこう》はすたれていくんだ」とポー。「べつの流行《りゅうこう》と入《い》れかわるからね」

「それに、サンゴのアクセサリーがそれほど長《なが》くはやるとは思《おも》えないな」とモーガン。「サンゴはいったん水《みず》から出《だ》したら、色《いろ》あせちゃうからね。ジョディがここの海《うみ》から取《と》ってきたサンゴブロックみたいに」

「それから、とても弱《よわ》いしね」アッシュも加《くわ》わった。「サンゴのアクセサリーなんて、半分《はんぶん》はこわれちゃうでしょ。**金属《きんぞく》や宝石《ほうせき》みたいに**

長《なが》もちしないから」

「おかしなもんだよね」とポー。「サンゴは本物《ほんもの》よりニセもののほうがいいんだからさ」

ジョディとハーパーは顔《かお》を見《み》あわせた。

「もしかして、同《おな》じことを考《かんが》えてる?」

ハーパーがたずねた。

「ポーはかくれた天才《てんさい》だって?」ジョディが答《こた》えた。

「ん?　ぼくが?」ポーは自分《じぶん》が天才《てんさい》だとみとめる前《まえ》に、少《すこ》しだけ考《かんが》えた。ポーのいったことはたしかに天才的《てんさいてき》だった。

「本物《ほんもの》じゃないサンゴこそ、わたしたち

に必要《ひつよう》なのよ！」ハーパーがいった。「わたしたちなら、本物《ほんもの》のサンゴよりもカラフルで長《なが》もちするものをつくれる。そうすれば、みんながサンゴのアクセサリーを持《も》ったとしても、**実際《じっさい》のサンゴは破壊《はかい》されない！**」

「それなら、きれいでカラフルですてきなアクセサリーをつくらなくちゃ」ジョディは一気《いっき》に元気《げんき》になった。「サンゴ礁《しょう》が直面《ちょくめん》してる問題《もんだい》について、みんなの関心《かんしん》を高《たか》めることも同時《どうじ》にしないとね。そもそも、テオはそうしたかったんだから」

ハーパーは笑《わら》った。「それ、すごくいい！」

ジョディはにこにこしている。「話《はな》してみるもんでしょ？」

ところが、モーガンがしーっといった。

ジョディはムッとした顔《かお》でモーガンを見《み》ると、すねたようにいった。「わたしはいま、みんなに話《はな》すことの大切《たいせつ》さについて話《はな》してたんだけど。それなのに、黙《だま》れっていうわけ？」

すると、**モーガンの目《め》が大《おお》きく見開《みひら》かれて明《あき》らかにうろたえていることに、**ジョディは気《き》がついた。となりの部屋《へや》にいるおそろしいなにかを見《み》たのだ。

「なんなの？」ジョディは小《ちい》さな声《こえ》でたずねた。「ゆうれい《ゴースト》でも見《み》たような顔《かお》して」

「ゆうれい《ゴースト》じゃない」とモーガン。「**ガストだ**」

まるでモーガンに呼《よ》ばれたかのように、**なにやら青白《あおじろ》くておそろしげなものがふらりとやってきて、ドアのところをうろついていた。**

第《だい》13章《しょう》

どこもかしこもピッグマンだらけ。
そして、ガストの目《め》が光《ひか》る。

マインクラフトをプレイしてきたなかで、**ハーパーはネザーに足《あし》をふみいれたことはなかった。**

ハーパーは、ネザーが暗《くら》くておそろしい場所《ばしょ》だと知《し》っていた。そこでは危険《きけん》なモブがうようよしている。おそらく、そのなかでも一《いち》番危険《ばんきけん》なのがガストだ。そこにいる生物《せいぶつ》はガストのようだった。白《しろ》っぽい体《からだ》に黒《くろ》くて細《ほそ》い目《め》をしていて、体《からだ》には9本《ほん》の触手《しょくしゅ》がついている。

ゾンビ・ピッグマンがなぜか海底《かいてい》の遺跡《いせき》にいる。理由《りゆう》はわからない。

でも、なぜガストまでもがここにいるのだ？　わなとしか思《おも》えない。**だれかが5人《にん》を、勝《か》てないような戦《たたか》いにおびきだしたのだ。**

ガストは5人《にん》のほうにゆっくりと向《む》かってきた。

「あいつも敵《てき》モブじゃないんでしょ？」ジョディがたずねた。

だけど、そこまで幸運《こううん》が続《つづ》くわけはないとハーパーは思《おも》った。

そのとき、ガストがジョディに向《む》かって火《ひ》の玉《たま》を打《う》ってきた。ハーパーは剣《けん》を抜《ぬ》いた。

「下《さ》がって！」そうさけぶと、すぐにハーパーはジョディの前《まえ》に立《た》った。剣《けん》を振《ふ》り下《お》ろす。タイミングはバッチリ。頑丈《がんじょう》な剣《けん》に火《ひ》の玉《たま》が当《あ》たり、部屋《へや》の向《む》こうに飛《と》んでいった。

ハーパーは自分《じぶん》のうでまえにうっとりした。でも、すぐに今度《こんど》は火《ひ》の玉《たま》がゾンビ・ピッグマンたちにぶつかった。

ピッグマンたちはダメージを受《う》けて赤《あか》く光《ひか》った。そして、ハーパーのほうを向《む》くと、ピッグマンたちは剣《けん》をかかげた。

「ピッグマンたちはあなたが攻撃《こうげき》してきたと思《おも》ってるのよ、ハーパー！」アッシュがさけんだ。

「**逃《に》げないと！**」とモーガン。

モーガンが先頭《せんとう》に立《た》ち、そのすぐあとにハーパーが続《つづ》いた。**ウーウーとうなり声《ごえ》をあげて**、ゾ

ンビの群《む》れがどっと追《お》いかけてくる。ピッグマンのあとを、ガストがうめきながらついてくる。耳《みみ》をふさぎたくなるようなおそろしい声《こえ》だ。

ハーパーは、かろうじてピッグマンの剣《けん》をよけた。

「みんな、ハーパーを囲《かこ》んで！」アッシュが大声《おおごえ》でいった。「ピッグマンが追《お》ってるのはハーパーだけよ！」

大《おお》きな火《ひ》の玉《たま》が5人《にん》の頭《あたま》の上《うえ》のかべにぶつかった。

「ああ、でも、ガストはぼくたちみんなを追《お》ってるよ」ポーがさけぶ。

「足《あし》を止《と》めちゃダメだ」とモーガン。

5人《にん》が遺跡《いせき》の中《なか》の大《おお》きな広間《ひろま》を走《はし》りぬけると、**ピッグマンとガストはついてこられなかった。**ハーパーは少《すこ》しほっとした。**わたしたちのほうが速《はや》く動《うご》けるってことね。**でも、いつまでも走《はし》りつづけることなんてできない。いずれはつかまってしまうだろう。

いくつもの角《かど》を曲《ま》がっていく。ピッグマンの声《こえ》がどんどん遠《とお》くになっていき、5人《にん》は大《おお》きな部屋《へや》に足《あし》をふみいれた。**天井《てんじょう》にはぬれたスポンジがぶら下《さ》がっている。**でも、ハーパーの目《め》は部屋《へや》のまん中《なか》にある、まっ黒《くろ》な黒曜石《こくようせき》でできた門《もん》に引《ひ》きつけられた。門《もん》の向《む》こうでは、空気《くうき》が光《ひかり》を放《はな》ちながらうずまいている。

それを見《み》てハーパーははっとした。「**ネザーとつながったポータルだわ！**　あのモブたちはここから出《で》てきたってこと？」

「きっとそうよ」とアッシュ。「でも、**モブたちが自分《じぶん》の意志《いし》でやってきたのかな。**だれかに呼《よ》びよせられたのかも……」

「ほかのやつが出《で》てくる前《まえ》に、こわしたほうがいいよ」とポー。

「ダメ！　**これこそがわたしたちに必要《ひつよう》なものだわ**」とハーパーが反対《はんたい》する

4人《にん》はハーパーを見《み》た。「これが、なんの役《やく》に立《た》つっていうの？」

ジョディがたずねた。
「ピッグマンたちはわたしを追《お》いかけてるの。だから、わたしがべつの次元《じげん》に行《い》けば、追《お》ってこなくなる。そうすれば、みんなはガストと戦《たたか》えるようになるでしょ？」

4人《にん》とも、いっせいに反対《はんたい》した。

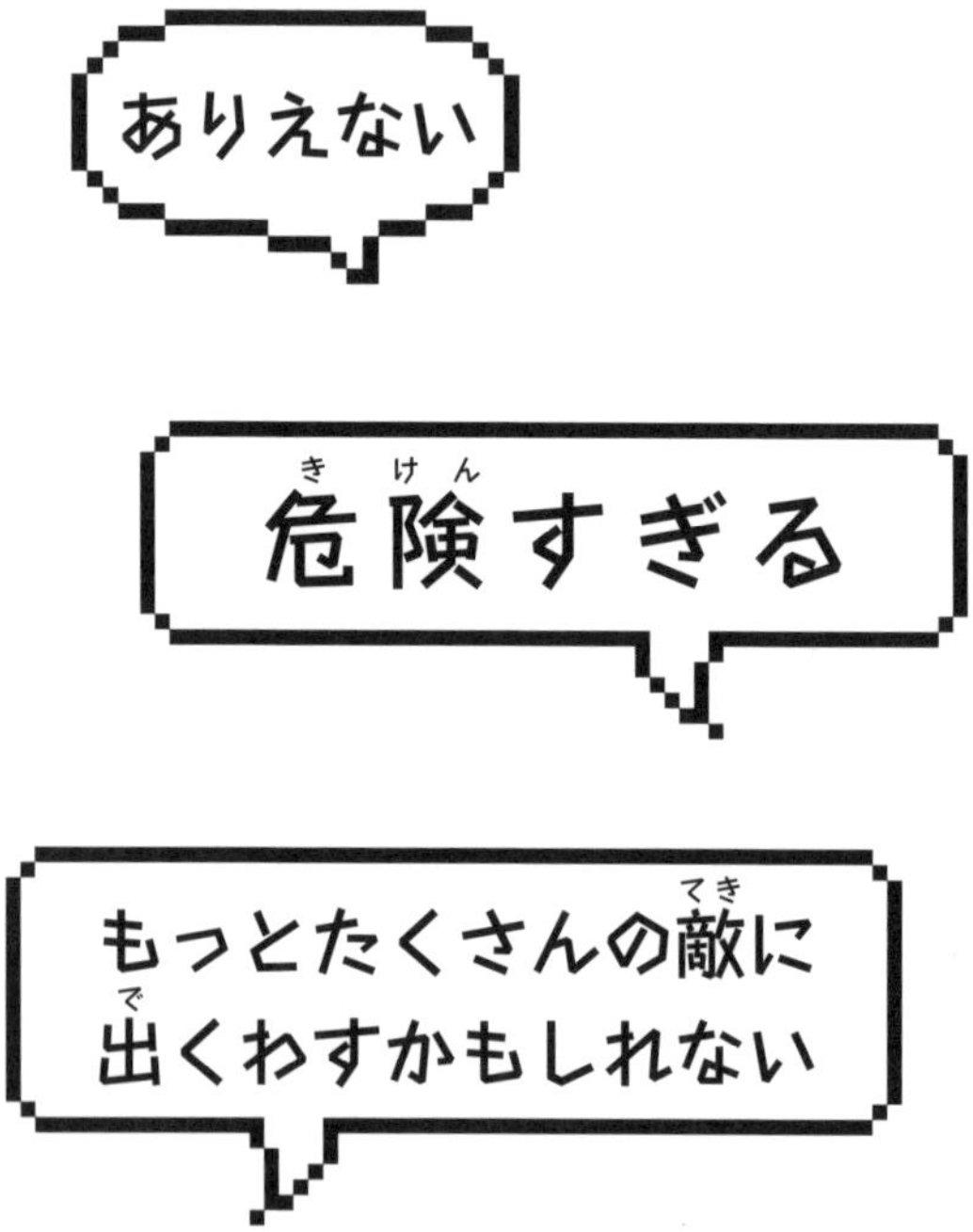

すると、ハーパーは両手《りょうて》を振《ふ》って4人《にん》を静《しず》かにさせた。「それしかないの。わたしがビッグマンに火《ひ》の玉《たま》をぶつけてしまったんだから、**わたしのせい。わたしがなんとかしないといけないの**」

ジョディが前《まえ》に出《で》てきて、ハーパーの手《て》を握《にぎ》った。

「ハーパー、まだわからないの？　これはサンゴのときと同《おな》じで、・・・みんなで考《かんが》える問題《もんだい》なんだよ。**だから、みんなで、なんとかしないといけないの**」

ハーパーは口《くち》ごもった。「たぶん……きっと、ジョディのいうとおりかも」

「そう、いつもジョディのいうとおりなんだよ」とモーガン。「みとめたくないけどね」

「**すごくいい案《あん》だと思《おも》う**」とアッシュ。「ハーパーがひとりでネザーに行《い》くってところ以外《いがい》はね」

「みんなでポータルにとびこめばいいんじゃない？」ポーが提案《ていあん》した。

「**それはよくないよ**」とモーガン。「もしうまくいかなかったら、どうしようもなくなる。二手《ふたて》に分《わ》かれるのはすきじゃないけど……」

「でもいまは、そうしたほうがいい」ポーがいった。

ピッグマンのおそろしいうなり声《ごえ》がだんだんと大《おお》きくなってきた。

これじゃ、時間《じかん》の問題《もんだい》だ。

「わたしがハーパーといっしょにネザーに行《い》く。そのあいだに、残《のこ》った3人《にん》でガストを止《と》めて」アッシュがいった。

「そんなことできるの？ **もう矢《や》もつくれないし……**」とジョディ。

「それについてはぼくに作戦《さくせん》があるよ。ハーパーのおかげで思《おも》いついたんだ」とポー。

ジョディはハーパーにこういった。「わたしのいったこと、わかってくれた?」

ハーパーはうなずいた。「**みんなで力《ちから》を合《あ》わせるのよね**」それから、

ハーパーは、**うまくいきますように**、と祈《いの》った。

第《だい》14章《しょう》

ネザーからこんにちは！ おとずれたくないところ、暮《く》らすにはひどい場所《ばしょ》。

ハーパーとアッシュがネザーに行《い》ってしまうのを、ポーはじいっと見《み》ていた。

「ひどい目《め》にあわなければいいけど」

「とりあえず、ぼくらはこの次元《じげん》の問題《もんだい》に集中《しゅうちゅう》しよう」とモーガン。

「ポーの作戦《さくせん》がうまくいくといいけど」

「ぼくもそう思《おも》ってたんだ！」とポー。

「ピッグマンの声《こえ》が聞《き》こえるわ。すぐそこの角《かど》まできてる」ジョディが警告《けいこく》する。

「念《ねん》のため、ピッグマンをポータルに近《ちか》づけないようにしよう」とモーガン。

ポーはうなずいた。「**よし、やろう!**」

ポーは、角《かど》を曲《ま》がってすぐ、ゾンビ・ピッグマンでいっぱいになった隣《となり》の部屋《へや》を見《み》た。**でも、ピッグマンは攻撃《こうげき》してこない**。ハーパーがいなくなったとたん、追《お》いかけるのをあきらめたのだろう。

「**ふう**」ポーはいった。「ハーパーのいうとおりだった」

そのとき、モーガンがポーをつきとばした。火《ひ》の玉《たま》がとんできたのだ。火《ひ》の玉《たま》は地面《じめん》にぶつかった。

「あそこだよ!」ジョディがさけぶ。部屋《へや》の奥《おく》のすみに浮《う》かんでいるガストがポーの目《め》にとまった。

「よし」とポー。「**計画《けいかく》どおりだ。逃《に》げろ!**」

ポーは部屋《へや》のかべづたいに走《はし》り出《だ》した。モーガンは反対《はんたい》の方向《ほうこう》に走《はし》り、ジョディはたいして害《がい》のないピッグマンたちのあいだを通《とお》りぬけた。

3人《にん》の動《うご》きに、**ガストはとまどっているようだ**。まずはジョディを追《お》ったものの、モーガンに気《き》づくと、そちらを向《む》いた。そして、**ぞっとするようなおたけびをあげた**。それは、ポーの耳《みみ》には怒《おこ》った猫《ねこ》の鳴《な》き声《ごえ》のように聞《き》こえた。そして、モーガンとポーがちょ

うどすれちがっているときに、また火《ひ》の玉《たま》が放《はな》たれた。

ふたりの動《うご》きが速《はや》かったので、**火《ひ》の玉《たま》はかすりもしなかった。**

そのかわり、火《ひ》の玉《たま》はゾンビ・ピッグマンに当《あ》たってしまった。火《ひ》の玉《たま》が当《あ》たったピッグマンは燃《も》えあがった。

すると、怒《おこ》ったほかのピッグマンたちがいっせいにガストのほうを向《む》いた。

「うわ、**あれじゃトーストだよ**」

とポー。

「ジョディ！」モーガンがさけぶ。「ここから逃《に》げるぞ！」

3人《にん》が逃《に》げだすと、部屋《へや》はめちゃくちゃになった。怒《おこ》ったピッグマンたちがガストのところに押《お》しよせてきたので、ガストは身《み》を守《まも》るためにつぎからつぎに火《ひ》の玉《たま》を放《はな》った。

ガストのほうがピッグマンよりはるかに強《つよ》い。それでも、ピッグマンの数《かず》が多《おお》すぎたため、ガストが勝《か》てる見込《みこ》みはあまりなかった。

モーガン、ポー、ジョディは急《いそ》いでポータルのある部屋《へや》にもどった。**戦《たたか》いの音《おと》こそ激《はげ》しくなっているが、3人《にん》を追《お》ってくるモブはいなかった。**モーガンはほっとして大《おお》きく息《いき》を吐《は》いた。ジョディは歓声《かんせい》をあげた。「ポー、うまくいったね！」

ポーは呼吸《こきゅう》をととのえた。「**ものすごい数《かず》のモブと危険《きけん》なモンスターとの戦《たたか》いも楽《たの》しくないわけじゃないけど、**ピッグマンが引《ひ》きうけてくれるなら、よろこんでゆずるよ」

「ハーパーとアッシュがもどってこない。追《お》いかけたほうがいいかな？」モーガンがたずねた。

ポーとジョディが返事《へんじ》をする前《まえ》に、ハーパーとアッシュがポータルから顔《かお》をつきだした。

「この次元《じげん》はうまくいった？」とアッシュ。

「もうだいじょうぶさ」ポーがきっぱりと答《こた》えた。

「よかった」ハーパーが

いった。**「だって、みんなこれを見《み》たくなると思《おも》うから」**

ポーが思《おも》っていたとおり、どこからどこまでもネザーはおそろしいところだった。岩《いわ》だらけの地形《ちけい》はでこぼこで、ものすごく熱《あつ》いまっ赤《か》な溶岩《ようがん》に囲《かこ》まれている。**なにもかもがくすんだ血《ち》の色《いろ》でおおわれていた。**

「ここにいると、ぞぞぞっとするよ」ポーがいった。

「そりゃあそうよ。わたしたちがふだんいるところとは、ぜんぜんちがうもの」

「意外《いがい》とそっくりかもよ」そういうと、ハーパーはがけのはしを指《さ》した。「そこから下《した》を見《み》てみて」

4人《にん》はがけの下《した》をのぞきこんだ。**ポーは口《くち》をあんぐりと開《あ》けた。**

マインクラフトは建築《けんちく》をするゲームだ。それを知《し》らない人《ひと》はいない。**時間《じかん》をかけて正《ただ》しい材料《ざいりょう》を使《つか》えば、ほとんどなんでも建《た》てることができる。**お城《しろ》でも、宇宙《うちゅう》センターでも。

そう、学校《がっこう》でも。

「あれは……ウッズワード・ミドル校《こう》か!?」モーガンがたずねた。

「どうしてわたしたちの学校《がっこう》と同《おな》じものをつくったの?」とジョディ。

ポーはなにかに気《き》がついた。「ねえ、モーガン。まだあの地図《ちず》を持《も》ってる?」

モーガンは地図《ちず》を取《と》りだした。前《まえ》はくすんで色《いろ》あせた黄色《きいろ》とオレンジ色《いろ》だったのに、いまでは明《あか》るくてあざやかな赤《あか》とオレンジ色《いろ》をしている。**Xのしるしもまだあった。**

「信《しん》じられないことだけど……」モーガンがいった。**「この地図《ちず》は……はじめからネザーが目的地《もくてきち》だったんだ」**

「ここが目的地《もくてきち》だったのよ。まさにここ。わたしたちの学校《がっこう》そっくりのものを見《み》せるためだったんだわ」とアッシュも同意《どうい》した。

「ほんとうに、そっくり」とジョディ。「でもひとつだけちがう。**実《じっ》際《さい》の学校《がっこう》の屋上《おくじょう》には大《おお》きな赤《あか》い文字《もじ》でXなんて書《か》かれてない**」

ポーはもう一度《いちど》見《み》た。ジョディのいうとおりだ。建物《たてもの》はすべて灰《はい》色《いろ》なのに、**X**と読《よ》めるところだけは赤《あか》いブロックになっている。「どういうことだ？」

「このなぞにはもっとなにかあるってことよ」ハーパーが答《こた》えた。「あそこまで下《お》りて調《しら》べてみたいけど、**まだネザーに行《い》けるような装備《そうび》はないわ**」

「うん、それにここは暑《あつ》い」そういって、ジョディはおでこの汗《あせ》をぬぐい、注意深《ちゅういぶか》くあたりを見《み》まわした。「**あそこにはぜったい、気持《きも》ちわるーいモブがもっとたくさんいるよ**」

「またもどってこようよ」アッシュがきっぱりといった。「でもそのあいだに、現実《げんじつ》の世界《せかい》でも、なぞの答《こた》えを探《さが》さないといけないってこと」

するとモーガンがいった。「**たぶん、ここがまさに、その答《こた》えがある場所《ばしょ》なんだ**」

第《だい》15章《しょう》

ゴミを減《へ》らして、
再利用《さいりよう》。
うれしいな！

もう一度《いちど》海《うみ》を泳《およ》ぎながら、**ハーパーは困難《こんなん》を乗《の》りこえたよろこびにひたった。**

マインクラフトの世界《せかい》の中《なか》で、今回《こんかい》のできごとは5人《にん》にとってこれまでで最大《さいだい》の挑戦《ちょうせん》だった。最初《さいしょ》はどうにもならない大《おお》きな問題《もんだい》に思《おも》えた。

でも、5人《にん》は力《ちから》を合《あ》わせて解決《かいけつ》した。ひとりきりでなんとかしようとしてはいけないことをたしかめながら。

この経験《けいけん》から、ハーパーはけっして忘《わす》れないでいたいことを学《まな》んだ。つぎにまた、なにもかも背負《せお》いこんでいると感《かん》じたら、まずは友《とも》だちに話《はな》そう。

すぐそばをウミガメが泳《およ》いでいる。ハーパーはビーチで助《たす》けたウミガメの赤《あか》ちゃんを思《おも》いだした。もう何日《なんにち》も前《まえ》のことだ。**ここでは時間《じかん》が早《はや》く流《なが》れる**。この子《こ》って、あの赤《あか》ちゃんの1匹《ぴき》がすっかり大《おお》きくなったとか？

ウミガメの赤《あか》ちゃんを助《たす》けたのは小《ちい》さな行動《こうどう》だった。でも、小《ちい》さな行動《こうどう》が集《あつ》まって大《おお》きな結果《けっか》を生《う》む。**小《ちい》さな行動《こうどう》でもたくさん集《あつ》まれば、ほんとうに大《おお》きなものになれるのだ**。地球《ちきゅう》を助《たす》けられるぐらい大《おお》きなものに。

ハーパーは少《すこ》しだけ呼吸《こきゅう》が楽《らく》になった。それは、ポーションのおかげでも、ふしぎな力《ちから》を持《も》つコンジットのおかげでもなかった。

ミス・ミネルヴァは足《あし》でドアを開《あ》けて、教室《きょうしつ》に入《はい》ってきた。そのすぐうしろにはドクがいた。ふたりは食堂《しょくどう》で使《つか》う古《ふる》いトレイをいっぱいかかえている。

「**ランチだよ！**」ドクが大《おお》きな声《こえ》でいった。「っていうか、ランチ用《よう》のトレイなんだけど……」

ハーパーはふたりのために急《いそ》いでドアをおさえにいった。「これでバッチリです。ミス・ミネルヴァ、ほんとうにわたしたちが使《つか》ってもいいんですか？」

「**わたし、ほんとうにワクワクしてるのよ**」そういうと、ミス・ミネルヴァはドクといっしょに机《つくえ》の上《うえ》にトレイを置《お》いた。そこには、モーガン、アッシュ、ジョディ、ポーが待《ま》っていた。「**いったでしょ。トレイ**

がごみ処理場《しょりじょう》に埋《う》められてしまうのはいやなの」

「それに、このトレイはリサイクルできないし」とドク。「**それなら、新《あたら》しい使《つか》い道《みち》を見《み》つけるのが一番《いちばん》！**」

「アクセサリーとしての新《あたら》しい使《つか》い道《みち》ね」そういうと、ハーパーはうなずいた。「さあ、はじめよう」

「わたしたちも手伝《てつだ》っていいかしら？」ミス・ミネルヴァがたずねた。

「もちろんです」とジョディ。「座《すわ》ってください！」

7人《にん》は午後《ごご》のあいだずっと作業《さぎょう》をした。まず、みんな、ジョディのいうとおりにした。**このなかで一番《いちばん》アートの才能《さいのう》があるジョディには、プラスチックのトレイをどんなふうにカットしたり、形《かたち》を整《ととの》えたり、色《いろ》をぬりなおしたりすれば、サンゴに見《み》えるアクセサリーができるのか、そのアイデアがたくさんあった。**

でも時間《じかん》がたつにつれて、みんなもどんどん自信《じしん》がついてきて、新《あたら》しい形《かたち》ややりかたを試《ため》しだした。**やがて、作品《さくひん》の集《あつ》まった小《ちい》さな宝《たから》の山《やま》になった。**それは、実際《じっさい》のサンゴ礁《しょう》に負《ま》けないぐらいさまざまな種類《しゅるい》と色《いろ》であふれていた。

「明日《あした》、バスケ部《ぶ》のみんなでこれをつけるように話《はなし》をつけたよ」とポー。「はやらせるにはバスケ部《ぶ》からはじめるといいからね」

「バッチリだね」とアッシュ。「本物《ほんもの》じゃないサンゴのアクセサリーがみんなのあいだで人気《にんき》になれば、ぎゃくに本物《ほんもの》のサンゴのアクセサリーを買《か》う子《こ》は減《へ》るよね」

「それは環境《かんきょう》にもよい知《し》らせだわ」そう

いったハーパーは、ここ数日《すうじつ》で一番《いちばん》よろこんでいた。

「**よい知《し》らせといえば**、わたしにもあるよ」そういうと、ドクはスマートホンから顔《かお》を上《あ》げた。サンゴ研究所《けんきゅうじょ》から連絡《れんらく》があったの。わたしたちの実験《じっけん》で大《おお》きくなったサンゴをフロリダ沖《おき》のリーフにうつしてもいいって」

ジョディはとびあがった。「**わたしたちのサンゴが本物《ほんもの》の海《うみ》に行《い》けるってこと?** 実際《じっさい》のサンゴ礁《しょう》の一部《いちぶ》になるの? すてき!」

「ぼくらのかわいいサンゴちゃん」ポーが大《おお》げさに鼻《はな》をグスンと鳴《な》らした。「すっかり大《おお》きくなって」

みんなは笑《わら》って、**それからハイタッチをした**。そのとき、ハーパーは、知《し》っている顔《かお》が教室《きょうしつ》のドアの窓《まど》からのぞきこんでいるのに気《き》がついた。

「ちょっとごめん。すぐにもどるわ」

ハーパーは廊下《ろうか》に出《で》ていった。**そこには落《お》ちこんだようすのテオがいた。**

「こんな時間《じかん》になにしてるの？」

「きみのことを探《さが》してたんだ。**いつものようにパソコン室《しつ》にいると思《おも》って**」

「きょうはパソコン室《しつ》には行《い》かなかったの」とハーパー。「本物《ほんもの》に見《み》えるサンゴをつくってるのよ。それでみんなが本物《ほんもの》のサンゴを買《か》うのをやめてくれるといいなって」

「つまり……ぼくがやらかしたことを解決《かいけつ》しようとしてるんだね」

テオはふさぎこんでいった。

「あなたをせめてるわけじゃないの。**よかれと思《おも》ってしたことなのはわかってるわ、テオ**」

「きみはわかってくれてる」とテオ。「でも、きみの友《とも》だちはどう思《おも》うかな？　きっとぼくがわざとやったたって思《おも》うよ。ぼくが環境《かんきょう》なんてどうだっていいと思《おも》ってるって」

「みんないい人《ひと》たちだから、そんなふうに決《き》めつけないわ」

「じゃあ、いつかぼくもきみたちのマインクラフトの仲間《なかま》に入《い》れてくれる？」

ハーパーは言葉《ことば》につまった。「その……いまはほんとうに空《あ》きがないのよ」

「ああ。そういうと思《おも》ったよ」テオはリュックのベルトをぎゅっと引《ひ》っぱった。「じゃあ、せいぜい、ぼくがきみたちのサーバーを見《み》つけちゃわないように願《ねが》うことだね。**きみたちの楽《たの》しみをめちゃくちゃにしちゃうかもしれないからさ**」

ハーパーがあっけにとられていると、テオは行《い》ってしまった。

「ねえ、だいじょうぶ？」ジョディが声《こえ》をかけた。ハーパーが振《ふ》りむくと、教室《きょうしつ》のドアのところからみんなが見《み》ていた。

「盗《ぬす》み聞《ぎ》きするつもりはなかったんだけど」とモーガン。「**でも、ぼくらのマインクラフトをめちゃくちゃにするとかいってなかった？**」

「そんなつもりじゃないと思《おも》う」とハーパー。「テオはいま、ただちょっと傷《きず》ついただけなの」

「そうかもしれない」そういって、モーガンはあごをなでた。「**でももしかすると、エヴォーカー・キングを見《み》つけたのかもしれないぞ**」

エヴォーカー・キングに気《き》をつけろ

MINECRAFT《マインクラフト》はブロックを使いながら冒険するゲーム。プレイヤーは山脈、洞窟、海、ジャングル、砂漠でできたはてしない世界で、ものをつくったり、遊んだり、探検したりできる。ゾンビをたおしたり、夢のようなケーキを焼いたり、危険なエリアを調査したり、超高層ビルを建てたりするのもＯＫだ。マインクラフトでどんな冒険をする？　それは、きみしだい！

ニック・エリオポラス（文）

作家、物語デザイナー。ニューヨーク市ブルックリン在住。読書とゲームが大好き。大親友といっしょに『アドベンチャーズ・ギルド』シリーズを執筆するいっぽう、小さなビデオゲーム制作会社で物語《ナラティブ》デザイナーとして働いている。もう何年もマインクラフトで遊んでいるのに、いまだにエンダーマンにびびってしまう。

ルーク・フラワーズ（絵）

作家、イラストレーター。妻と３人の子どもとコロラド州のコロラド・スプリングス在住。2014年、長年の夢だった子ども向けの本のイラストレーターとなり、それ以来45冊の児童書のイラストを手がけてきた。ベストセラーとなった『モービー・シノビ』シリーズでは、著者でもあるとともにイラストも担当。自由時間は、操り人形劇を上演したり、バスケットボールで汗を流したり、家族と冒険に出かけたりしている。

【日本語版制作】
翻訳協力：株式会社リベル
編集・DTP：株式会社トップスタジオ
担当：村下 昇平・細谷 謙吾

■お問い合わせについて

本書の内容に関するご質問につきましては、弊社ホームページの該当書籍のコーナーからお願いいたします。お電話によるご質問、および本書に記載されている内容以外のご質問には、一切お答えできません。あらかじめご了承ください。また、ご質問の際には、「書籍名」と「該当ページ番号」、「お名前とご連絡先」を明記してください。

●技術評論社 Web サイト
https://book.gihyo.jp

お送りいただきましたご質問には、できる限り迅速にお答えをするよう努力しておりますが、ご質問の内容によってはお答えするまでに、お時間をいただくこともございます。回答の期日をご指定いただいても、ご希望にお応えできかねる場合もありますので、あらかじめご了承ください。なお、ご質問の際に記載いただいた個人情報は質問の返答以外の目的には使用いたしません。また、質問の返答後は速やかに破棄させていただきます。

マインクラフト かいていのひみつ
木《き》の剣《けん》のものがたりシリーズ③

2020 年 12 月 10 日　初版　第 1 刷発行
2023 年　9 月 12 日　初版　第 3 刷発行

著　者　ニック・エリオポラス、ルーク・フラワーズ
訳　者　酒井《さかい》 章文《あきふみ》
発行者　片岡 巖
発行所　株式会社技術評論社
東京都新宿区市谷左内町 21-13
電話　03-3513-6150　販売促進部
03-3513-6177　第 5 編集部
印刷／製本　図書印刷株式会社

定価はカバーに表示してあります。

ISBN978-4-297-11728-3 C8097